MalEducada
La historia de una generación perdida

**Narrativa
contemporánea**

Ortiz, Antonio

    MalEducada : la historia de una generación perdida / Antonio
Ortiz. -- Editora Margarita Montenegro Villalba. -- Bogotá :
Panamericana Editorial, 2015.

    176 páginas : ilustraciones ; 23 cm.

    ISBN 978-958-30-4970-5

    1. Novela juvenil colombiana 2. Adolescentes - Aspectos
sociales - Novela juvenil 3. Abuso de drogas - Novela juvenil
4. Familia - Novela juvenil 5. Amigos - Novela juvenil
I. Montenegro Villalba, Margarita, editora II. Tít.

Co863.6 cd 21 ed.

A1494026

        CEP-Banco de la República-Biblioteca Luis Ángel Arango

Segunda reimpresión, junio de 2016
Primera edición en Panamericana Editorial Ltda.,
septiembre de 2015
Primera edición de Antonio Ortiz, 2013
© 2013 Antonio Ortiz
© 2015 Panamericana Editorial Ltda.
Calle 12 No. 34-30, Tel.: (57 1) 3649000
Fax: (57 1) 2373805
www.panamericanaeditorial.com
Tienda virtual: www.panamericana.com.co
Bogotá D. C., Colombia

Editor
Panamericana Editorial Ltda.
Edición
Margarita Montenegro Villalba
Diagramación
La Piragua Editores
Diseño de carátula y guardas
Rey Naranjo Editores

ISBN 978-958-30-4970-5

Impreso por Panamericana Formas e Impresos S. A.
Calle 65 No. 95-28, Tels.: (57 1) 4302110 - 4300355. Fax: (57 1) 2763008
Bogotá D. C., Colombia
Quien solo actúa como impresor.

Impreso en Colombia - *Printed in Colombia*

Créditos de imágenes: p. 10 © Juliana Cárdenas; pp. 169-171 © Bodik1992/
Shutterstock; p. 169 © maverick_infanta/Shutterstock; p. 170 © DeepGreen/
Shutterstock; p. 171 © Ihnatovich Maryia/Shutterstock

MalEducada

La historia de una generación perdida

Antonio Ortiz

PANAMERICANA
EDITORIAL
Colombia • México • Perú

Prólogo

DURANTE MÁS DE VEINTE AÑOS DE SER DOCENTE EN colegios prestigiosos del país, pude ser testigo de primera mano de sucesos insólitos que involucran a padres e hijos. *MalEducada* es la historia de una generación perdida, de jóvenes cuyos padres siempre fueron permisivos, lo que hoy, como consecuencia, ha convertido a esos muchachos en adultos irresponsables envueltos en líos judiciales.

Durante muchos años, mi salón se convirtió en un confesionario. Allí llegaban estudiantes que necesitaban ser guiados y que pedían consejos a gritos. Fue allí donde, durante charlas interminables y enriquecedoras, logramos vencer la adversidad y mi misión como educador tuvo sus frutos. Algunos de esos casos dieron vida a esta historia.

La historia de Paula es verdadera, aunque algunos de los sitios y nombres han sido cambiados para proteger la identidad de las personas involucradas.

La IANDS (International Association for Near-Death Studies, www.iands.org) es una organización sin ánimo de lucro que reúne a un grupo de científicos reconocidos, que buscan explicar lo que les sucede a las personas que de alguna u otra forma experimentan lo que llamamos muerte. Se trata de personas que han sido declaradas legalmente muertas, pero que regresan a la vida para contar sus experiencias extrasensoriales. La IANDS recoge los hechos, los documenta y los estudia.

La narración de Paula parte desde el punto en que ella está en coma, y se fundamenta en mi inquietud por saber si aquellas personas que viven una experiencia similar pueden escuchar y ver todo lo que sucede alrededor. Este aspecto abre un gran debate acerca de si hay "vida" después de la vida. Esto es algo que tal vez solo podamos resolver cuando nos encontremos en esa situación.

Este libro no busca resolver misterios sobrenaturales, ni mucho menos dar respuestas a padres, estudiantes y colegios sobre el comportamiento adolescente. Solo trata, desde una perspectiva muy aterrizada, las situaciones a las que están expuestos nuestros hijos.

Capítulo **1**

El comienzo del fin

UNO, DOS, TRES: Se encienden las luces…

Alguien dijo: "Vive cada día de tu vida como si fuera el último, porque en algún momento lo será". Pues bien, creo que eso aplica para mí hoy; parece que llegó el momento. A lo lejos puedo escuchar voces de preocupación, gritos, drama por doquier y, aunque por un instante creo ver la luz al final del túnel, me doy cuenta de que son solo las lámparas del corredor de urgencias de una clínica. Parece que aquí termina mi existencia, pero empieza mi historia.

Veo pasar el tiempo de una forma lenta, no siento ningún peso, se marcha mi sentimiento de soledad y no percibo tristeza ni dolor; observo rostros borrosos en un bosque de caras, como un *collage* de lo desconocido. Se acaba la prisa y el baúl de las preocupaciones se halla vacío. ¿Es esta la muerte o solo una estación de paso?

Hasta hace unos instantes, todos los que me rodeaban se preocupaban por mi vida, esa que no supe apreciar. Cada día tomé decisiones nada acertadas que fueron piedras que allanaron mi camino hacia este fin.

Cuando eres niña, solo escuchas que la vida te ha sonreído porque tus padres son ricos, porque eres linda, porque tus ojos son azules como el mar. Creces y sigues escuchando lo afortunada que eres, porque hombres jóvenes y viejos te desean, las mujeres te envidian y las niñas desean ser como tú.

Mi vida fue lo más parecido a una pantomima, una falsa utopía que naufragó en un mar de errores. Soy Paula Beckwitt, y si lees el periódico de mañana podrás encontrar un artículo que diga:

Estoy postrada en una cama de hospital y toda la vista que tengo es este cielorraso, que parece ser mi infierno y seguirme hasta mi lecho de muerte. Mi cuerpo está conectado a una telaraña de tubos que respiran por mí y prolongan mi agonía un poco más. De repente se escucha la puerta y las sombras de mis padres se descubren ante mí. Este será el momento más largo que pasen con su única hija. ¡Qué curioso! Compartimos mucho más tiempo en aviones que en cualquier otro sitio. Es la imagen que tengo de ellos; triste, pero cierto.

Mis padres se conocieron en el prestigioso Club Europa de la ciudad de Bogotá, donde solo son aceptados aquellos cuyo árbol genealógico confirme que sus familias vienen de la más selecta estirpe europea, y quienes puedan pagar el privilegio de cincuenta mil dólares. Mis bisabuelos fueron fundadores del club, y para mantener el círculo más cerrado, mis abuelos motivaron a mis padres a comprometerse y después a casarse.

Mi madre estudió finanzas y negocios internacionales, pero nunca trabajó. Mi padre estudió derecho e hizo una carrera como diplomático. De esta manera, los primeros años de mi vida vivimos en Indonesia, Camboya, Francia e Inglaterra. Creo que, aunque intentaron de alguna forma ser buenos padres, o por lo menos aparentar serlo, "traspapelaron" a su única hija entre todos los compromisos sociales, sus amistades, el "qué dirán" y sus trabajos; el tiempo nunca se detuvo para ellos.

Los recuerdos que tengo de mi madre no son los más tiernos. Educada para ser una dama de sociedad, siempre le dejó mi educación a otros; de esta manera tuve niñeras, guardaespaldas, choferes y porteros que se convirtieron en parte cotidiana de mi vida, mientras ella asistía a las obras sociales y benéficas para los más necesitados; al parecer su hija no calificaba dentro de esa lista y no necesitaba afecto, comprensión ni complicidad.

Cuando tenía nueve años y regresamos de Inglaterra, comencé a estudiar en The German School de Bogotá, un colegio muy reconocido en el país, por las personas que se gradúan de allí. En mi salón había una niña de mi misma edad: Jessica Daniels, mucho más alta y con bastantes kilos de más. Esta glotona superambiciosa, no contenta con los desayunos que nos servían en el restaurante, tenía la pequeña adicción de robarnos las onces a una compañera y a mí. Después de seis meses de extorsión, amenazas y constantes robos, traté de contárselo todo a mi profesora, pero como no lo hice en alemán, no le dio importancia al caso. Mi madre creyó que era un cuento de hadas porque, según ella, había sido mimada toda la vida y este no era más que un intento por llamar la atención. Quien sí me dio todo el crédito fue mi chofer, Alberto, un hombre muy callado, de unos cuarenta y ocho años, y quien llevaba trabajando para mis padres más de catorce años.

—Niña Paula, no se deje. Si esa gorda le vuelve a robar, dele duro con lo primero que encuentre. No sea bobita —me dijo, con su voz pausada y ronca.

Al día siguiente seguí los consejos de Alberto. Al lado de mi lonchera de metal con un dibujo de Pucca, puse un paquete de galletas Oreo de chocolate, el cual me serviría como carnada inamovible a la espera de su verdugo: la insaciable Jessica. La espera duró tres minutos. Solo recuerdo que cuando su mano alcanzó el paquete, mi corazón se aceleró y tomé con fuerza la lonchera en la mano derecha. ¡Uno, dos y...! Cuando iba a golpear su rostro por tercera vez, la mano de aquella profesora que me ignoró detuvo mi brazo justiciero. Sin derecho a juicio, pasé de víctima a victimaria.

—¡Niña insolente, violenta, monstruo! ¿Cómo te atreves? —me dijo con voz áspera y en perfecto español.

Aquel acto vengativo provocó una metástasis en la relación con mis padres y consumió la poca fe que tenían en mí. El trayecto a casa fue largo y tortuoso; mi madre lloraba, mientras mi padre la recriminaba por no educarme como se debe educar a una mujer Beckwitt.

—¡Esta no es una niña con clase ni con valores! ¡No sabe lo que es el respeto! ¡Debe irse lejos de nosotros para que aprenda a valorar a sus padres, la vida y todo lo que tiene! —gritaba mi padre, mientras golpeaba el timón con una furia titánica y con lágrimas de vergüenza.

—Nos has avergonzado ante la sociedad. ¿Qué van a decir en el club, carajo? Qué pena con los Daniels, que son una familia tan querida y tan apreciada por todos —dijo mi madre, y ahogada en llanto me miró indignada.

Recordé el rostro amoratado de Jessica y esbocé una sonrisa; así aislé el ruido y escapé de allí. Mis padres parecían marionetas de ventrílocuo. Como si hubiese bajado el volumen del televisor, ya no escuchaba nada; aprendí a fugarme mentalmente y extraviarme en mis pensamientos.

Cuando volví en mí, días después, mis "comprensivos" padres se sentaron a hablar conmigo, no para preguntarme por qué había reaccionado de esa manera, ni tampoco para saber cómo me sentía. Fue solo para informarme que me iría a Inglaterra a un internado para niñas, donde la disciplina haría de mí una mujer con principios. Tenía apenas nueve años, bueno, casi diez, y me sentenciaron a estar lejos de sus pocos cuidados.

Como el peor de los criminales, fui desterrada a perderme en un gigantesco lago de reglas, etiquetas y tareas. Antes de eso me sometieron a cuanta terapia psicológica pudieron. Alberto me llevaba sagradamente dos veces por semana. En cuanto a mis padres, solo esperaban que alguien más "arreglara" lo que estaba mal en mí, y nunca asistieron a ninguna sesión. Soporté largas charlas en las que dibujé, jugué y trabajé con colores. Creo que de nada me sirvió; solo quería comprensión por parte de mis padres.

Mi arribo a Moldingham School fue algo impactante. Nos recibió Miss Priffet, una señora acartonada de unos sesenta años, canosa, con blusa blanca de bolero, un suéter de lana de color verde tejido a mano y pelo perfectamente recogido en una cola de caballo. Parecía un personaje sacado de una de las historias de Charles Dickens. El colegio y las residencias donde dormían las alumnas estaban diseñados con arquitectura victoriana y fueron construidos en 1843. Imaginé qué clase de fantasmas y monstruos me acompañarían de ahora en adelante. Tal vez empezaría a vivir como en una película de terror, y lo peor, sin poder escapar de ella. Era un sitio gigante, alejado y frío.

Miss Priffet me acomodó en un cuarto que quedaba en el ala conocida como Marden, donde solo se alojan niñas pequeñas. A medida que crecen pasan a formar parte de lo que ellos conocen como Main House. Allí conocí a Jossete, Abbey y Becka, que durante casi cinco años fueron, no solo mis compañeras de cuarto, sino mis cómplices, amigas y maestras. Compartí y aprendí mucho con ellas. Durante los primeros seis meses no permitía que me vieran llorar. Fue duro porque nos ponían esos ridículos uniformes, nos decían cómo vestirnos y nos pedían que organizáramos los cuartos como lo hacen los soldados, pero pude superarlo y acostumbrarme a una nueva vida.

Fue fácil pasar ese tiempo gracias a lo unidas que permanecimos. Pensé que tal vez esa era la universidad para las "sirvientas" y que ese era mi castigo: convertirme en alguien que servía a los demás y que era ignorada por todos aquellos que la conocían. Qué lejos estaba de la verdad. Me sentí humillada y encarcelada en un sitio donde todas parecíamos haber cometido el mismo crimen.

Todas teníamos algo en común: padres que no tenían ni la paciencia ni el tiempo para educarnos, y cuyo dinero pagaba a todos aquellos que ofrecieran quitarles el "problema" de encima. Cada cierto tiempo nos daban vacaciones y se nos permitía ir a casa, pero nuestros padres nos enviaban a otros lugares, a lo que llaman "vacaciones creativas". De esta manera tomé cursos de fotografía, dibujo, modelaje y cuanta cosa se cruzó en mi camino.

Jossete era la más dulce y callada. Sus padres se habían divorciado y eso la afectó mucho. Tenía un oso de peluche al que llamaba Fredo y que, según ella, la escuchaba y sabía todos su secretos. Abbey se refugiaba en la música y siempre pedía perdón, incluso por las cosas que no había hecho. Sus padres eran alcohólicos y drogadictos, pero provenían de una familia con dinero, así que su tío, siendo la única persona sensata de la familia, la envió a Moldingham para alejarla de la maldición de sus padres. Becka era la más recia de todas. Era alta, de pelo negro, ojos marrones y piel blanca. Tenía un acento fuerte, casi alemán. Al comienzo pensé que tendría muchos problemas con ella, pero con el tiempo nos volvimos muy unidas. A Becka le gustaba maquillarse, y sus ojos se veían vampíricos. En las noches se vestía con chaqueta de cuero negra, camiseta negra y *jeans* ajustados; sus labios enrojecidos por el pintalabios parecían pintados con sangre. Su padrastro la había enviado allí después de la muerte de su madre, cuando aún estaba pequeña. No conoció a su padre y a nadie de su familia parecía interesarle.

—¿Alguna vez has fumado? —me preguntó, sacando un cigarrillo de su chaqueta.

—No, ¿cómo se te ocurre? Mis padres me matarían —respondí asustada.

—¡Ellos no están aquí, y un cigarrillo no te mata! —dijo con su fuerte acento y mirándome con cierta "sobradez".

Caminamos hacia la ventana y trepamos por el balcón hasta el techo; los barrotes eran fuertes y nos permitían agarrarnos con firmeza. Esta era una aventura de la cual no quería escapar. Allí nos sentamos cómodamente y Becka sacó un encendedor de su chaqueta, tomó la cajetilla de cigarrillos con mucha propiedad, la golpeó varias veces desde su base, sosteniéndola con una mano hasta que un par de cigarrillos se deslizaron fuera de la cajetilla. Tomó uno, lo encendió, aspiró y soltó lentamente el humo, haciéndolo revolotear en espirales y enmarcando la fría noche con un velo transparente ante mis ojos incrédulos y sorprendidos.

—¡Esto es una liberación! ¡Piensa que el humo eres tú y que podrás volar a donde quieras! —dijo, mostrándose muy segura de sí misma.

Le pregunté si Abbey y Jossete habían hecho algo así. Me miró como queriendo estrangularme.

—¡Jamás les digas nada de esto! Tú y yo somos sobrevivientes. Ellas son débiles, asustadizas, presas fáciles de intimidar. Ahora, ¿quieres fumar o te vas? —dijo, dándome otra vez esa mirada acusadora.

Tomé el cigarrillo como si fuera el arma perfecta para un crimen. Estaba pintado por sus labios, lo puse en los míos y, antes de que pudiera siquiera aspirar, el humo me cegó y me hizo lagrimear como si fuese gas lacrimógeno arrojado a una pequeña rebelde. Volví a intentarlo y mi garganta se cerró en la primera bocanada, sentí que no podía respirar. Me paré para tratar de tomar aire y resbalé. Me deslicé por el tejado y, aunque no podía dejar de toser, alcancé como pude una bajante de agua. Justo cuando pensé que caería al vacío y moriría allí, sentí la mano fuerte de Becka, quien muy hábilmente me deslizó para que cayera en el balcón. Mis gritos de dolor desgarraron el silencio sepulcral del internado. Con una visita de mi madre a la semana siguiente y con una pierna enyesada a causa del tobillo que me fracturé, tuve suficiente para aprender la lección: ¡un cigarrillo te puede matar! Becka fue castigada y tuvo que limpiar las habitaciones y los baños de todo el bloque durante cinco semanas.

Mi mamá, tal vez aconsejada por su ignorancia religiosa y su escaso conocimiento de madre, pensó que estaba poseída. Su gran mente analítica le decía que algo sobrenatural me hacía actuar de la manera vergonzosa y errática en la que me estaba comportando. Por lo tanto, le pidió a uno de los sacerdotes que oficiaba en el internado que me llevara a donde un especialista para hacerme un exorcismo. ¡Fue algo aterrador! Es como si te inyectaran sin estar enferma.

Me encerraron en una habitación lúgubre, llena de cuanto cuadro religioso y simbolismo católico existe. Nunca había prestado atención a esta clase de ritos y no entiendo cómo un sacerdote, con lo que estudia y el tiempo que tiene para pensar, accede a semejante locura. Con biblias en mano, dos sacerdotes caminaban a mi alrededor, hablaban en latín y me arrojaban agua bendita. Sentada en una silla y con actitud desafiante, me enfrenté a ellos. Las dos primeras horas fueron divertidas, pero después de seis horas de tortura y con muchas personas agarrándome, creo que perdí la cordura. Grité, convulsioné y, cuando me sentí exhausta y derrotada, terminé dándole la razón a mi madre, como lo hacen quienes confiesan un delito que no cometieron, con tal de que terminen con la tortura a la que los exponen. Todas estas cosas que pasaron nunca fueron sobrenaturales, pero ellos terminaron creyéndolo, y en algún momento de mi vida me pusieron a dudar.

Pasé cuatro años intentando superar todo eso. Becka tenía razón: las dos éramos las más fuertes. Crecimos más que nuestras compañeras y amigas, nunca mostrábamos debilidad ante nada y nuestra capacidad de liderazgo se notaba en todo lo que hacíamos. Muchas niñas del colegio nos consultaban qué hacer o nos contaban sus ideas, pensamientos y proyectos, casi en busca de aprobación.

Cuánto hubiese deseado tener a mi madre al lado ese día en Main House, cuando al entrar al baño descubrí que ya no era una niña. Mis interiores tenían la evidencia de que mi cuerpo estaba cambiando. Becka sacó una toalla higiénica, me explicó cómo ponérmela y me consoló. Lloré toda la noche, esperando sentir un abrazo materno; quería sentirme segura, guiada. Tal vez solo quería una bebida caliente, un beso de madre con lágrimas en los ojos y que me acompañara al supermercado a comprar lo necesario para estar preparada.

Le escribí a mi madre contándole lo sucedido, pero su respuesta fue desconcertante: "Llamaré a la enfermería y que te cuiden mientras te sientas malita". Tan solo una triste línea. No obtuve nada más allá de unas cuantas palabras. Le conté a Miss Priffet lo que me sucedía y, como enfermera carcelaria, me dio mis primeras toallas y un manual con un calendario donde se explicaba con dibujos el ciclo menstrual.

Pasé dos semanas o más sintiéndome más sola que de costumbre. Caminaba por los alrededores del colegio y respondía preguntas de forma monosilábica. Creo que las hormonas comenzaban a desempeñar un papel importante en mi vida, tal vez eran las culpables de algunos de mis errores, y no una posesión demoniaca.

Durante esas caminatas, y al ver cómo se movían los árboles cuando el viento soplaba, encontré calma a la turbulencia de pensamientos que me atormentaba día a día. Me sentí en sincronía con los árboles y me dejaba llevar por mi imaginación. Saqué de la biblioteca un libro de *Harry Potter* para fingir que leía y así no me hicieran preguntas sobre qué era lo que me pasaba. Me senté una tarde, y al sentir las miradas inquisidoras de mis compañeras, abrí el libro y por primera vez me adentré en una historia que me hizo sentir como uno de sus personajes. Miraba el bosque detrás de Main House e imaginaba un universo mágico en el cual era intocable, inalcanzable e inmortal. Así me devoré casi toda la colección.

Tal vez por los cambios hormonales o por la resistencia que mi corazón encontraba hacia mi familia, mi comportamiento cambió radicalmente. Con ayuda de Becka me empecé a maquillar, me vestí completamente de negro, empecé a tomar de vez en cuando y fumar se convirtió en una forma de elevar mis pensamientos y liberarlos a través del humo. Todo esto me llevó a una actitud de rebeldía: les contestaba mal a mis profesores, fui grosera con Miss Priffet y empecé a golpear a cuanta niña me miraba raro, o simplemente las insultaba. No sé por qué crecía dentro de mí tanta amargura e ira, y las cosas más pequeñas me hacían explotar.

Me adentré en la lectura y me leí "millones" de libros. Seguía siendo bastante violenta, hasta que un buen día, Ivana, una estudiante de noveno grado, mitad rusa, mitad japonesa, me golpeó, humilló e insultó de una manera en la que me hizo sentir diminuta, tan pequeña que mi orgullo se fue por el drenaje con la sangre que escupí. Todo sucedió de una forma muy rápida. Era la noche de un jueves y en Main House acostumbrábamos bajar a un sótano oscuro y húmedo que parecía una mazmorra llena de celdas. Era el único lugar donde podíamos fumar y tomar sin ser vistas; claro está que, como era una tradición, todo el mundo sabía de su existencia, pero tal vez nadie quería cerrarlo.

Estaba hablando esa noche con Becka, cuando Hannah, una pelirroja de mal aspecto y mala actitud, me empujó como consecuencia de estar jugando con sus amigas. Tal vez no tuvo la intención, pero en ese momento solo pensé en golpearla, lo cual hice sin mediar palabra. Me di la vuelta llena de satisfacción por lo que había hecho, pero de repente sentí puños y patadas. Ivana me atacó para defender a su amiga, me arrojó al suelo y, fue tal la fuerza, que no pude ni gritar. Ivana era alta, tenía el pelo corto y aspecto de hombre. Se entrenaba levantando pesas y haciendo algo de artes marciales; era una especie de marimacho. Si no hubiese sido por Becka, quien evitó que me siguiera golpeando, no sé qué hubiese pasado. Solo sé que me llevaron a la enfermería y que allí estuve por unas doce horas; tenía golpeada el alma y el orgullo, además del cuerpo.

Me sentí impotente, sola y abandonada, pero de cierta forma sentí que lo merecía. Ese sentimiento de culpa no me dejó defenderme.

Cuando abrí los ojos, vi junto a la cama varios instrumentos, como tijeras, jeringas y algodón. Tomé unas tijeras de punta alargada que se doblaba hacia bajo, y las puse en mi mano izquierda cerca de la muñeca... Intenté cortarme las venas, pero al no poder hacerlo (la punta no tenía el suficiente filo para hacer un corte profundo), sentí casi un alivio al rasgar mi piel con dicho elemento. Allí comenzó un ritual casi "sagrado", algo que no le aconsejaría ni a mi peor enemigo, no solo porque duele, sino porque es lo más estúpido que alguien pueda hacer.

En cuanto a lo que me pasó, nunca dije nada, y por algunos meses nadie volvió a usar el sótano. Sin embargo, eso me costó interrogatorios eternos y amenazas por parte de las directivas, quienes por más que indagaron no pudieron sacarme nada. Tenía sentimiento de culpa y pensaba que me lo merecía, pero además debía respetar ese código de silencio entre compañeras.

A medida que me metía en problemas y me sentía triste, sola o destrozada por algo inexplicable, por algo que hiciera, que dejara de hacer o que me hicieran, tomaba esas tijeras y rasgaba la piel de mis brazos para "lavar" mi dolor y así hacerme fuerte. Cubría mis heridas y cicatrices con camisas o suéteres de manga larga, y jamás dejaba que otras personas me vieran, ni siquiera en el verano.

Mucho después de cumplir los catorce pasé cuatro meses sin realizar mi ritual, tiempo en el cual creí que todos mis problemas empezaban a abandonarme y que las cicatrices no serían más que un recuerdo tatuado en mi piel, pero una noche de abril, después de una competencia intercolegiada de Biología, unos amigos de Becka de un colegio mixto la invitaron a una fiesta en Strafford, un barrio elegante de Londres. Aquellos amigos eran mayores que nosotras, tenían entre dieciséis y dieciocho años, pero cuando le preguntaron a Becka, ella les dijo que teníamos dieciséis, y la verdad nuestros cuerpos aparentaban esa edad: yo medía 1.74 y Becka estaba en los 1.70. Podíamos usar un buen escote porque no éramos nada planas, pero en el fondo éramos unas niñas encerradas en cuerpos más grandes, y eso siempre significó una sola cosa: problemas.

Esa noche esperamos a que todos en Main House se durmieran y que las encargadas de la vigilancia hicieran la ronda. Salimos con los zapatos en las manos y corrimos descalzas hasta el sótano. Allí vimos a un grupo de niñas que, como siempre, estaban fumando o tomando. Nos hicimos en la parte más oscura y tratamos de mimetizarnos con la negrura de las paredes. En el fondo del sótano había una ventana que daba al patio trasero. Solo se podía abrir desde fuera, pero Becka ya se había encargado de eso. Le entregó 50 libras esterlinas al jardinero y le prometió otras 50 si al regresar en la madrugada la cerraba para que no se dieran cuenta de que habíamos salido y entrado por ahí.

Con una ruta de escape segura, nos escabullimos entre los arbustos hasta llegar a la carretera principal; allí nos esperaban James y Dan, los dos muchachos mayores que conocimos en la mañana. James era alto, corpulento, de ojos marrones, con pecas en su rostro y una forma muy elegante de hablar. Dan era un poco más bajo y delgado, pero parecía más amable que James. Nos recogieron en un Mercedes Benz convertible y nos llevaron hasta la fiesta.

Debo confesar que me sentí emocionada al saber que estaría en mi primera fiesta con gente mayor, y además porque me sentía muy atraída por Dan, con quien me hubiese gustado tener una relación seria y duradera.

Durante el camino nos ofrecieron cerveza, que llevaban en el carro. Como conseguimos ropa prestada por algunas de las niñas mayores de Main House, logramos atraer la atención de nuestros pretendientes. Becka se había recogido un poco el pelo y, aunque era fiel a su chaqueta de cuero, se había puesto una blusa negra escotada y llevaba un abrigo un poco más femenino. Por mi parte combiné la chaqueta negra con una camiseta blanca ajustada y escotada, y un pantalón ceñido del mismo color; recuerdo que cuando nos miramos al espejo pensamos que otras personas habitaban nuestros cuerpos: nos veíamos como de veinte años.

Aquellos muchachos no nos quitaban la mirada ni las manos de encima. A Becka no parecía importarle, pero a veces me incomodaba ver cómo se tocaban. Aunque Dan me fascinaba, no le permitía las mismas caricias. Nunca fui mojigata, pero tampoco me quería destacar por ser la fácil del paseo.

Las mujeres que estaban en la fiesta se veían mayores, con peinados modernos y maquillaje muy fuerte; todo el mundo fumaba, tomaba y consumía "pepas". Nosotras apenas sabíamos fumar, y esto estaba fuera de nuestra liga. Quedé de una sola pieza cuando vi que en una mesa en el centro de la sala había una cantidad de pastillas de diferentes colores, papeletas (supongo que con algo más fuerte), papel de arroz y cigarrillos de marihuana ya armados. En clase de Biología habíamos estudiado las diferentes clases de alucinógenos, pero una cosa es lo que nos cuentan y otra cuando los tienes al lado. Decenas de sentimientos se cruzaron en mi ser: la presión, la curiosidad que recorre tu cabeza, el miedo que te da entrar a un universo del que no puedas regresar, los efectos que tienen en aquellos que se adentran en ese mundo y no pueden salir.

Debo decir que realmente estuve a punto de consumir y de sumergirme en ese mundo, pero algo me detuvo. Después de dos horas de hablar y bailar con Dan, me preocupé por Becka. Me alejé un momento de él y atravesé la sala entre la multitud. De repente vi a Becka irse a un balcón en la parte de atrás con James. Sentí miedo de quedarme sola. Muchos de los tipos que estaban allí me miraban y me hacían guiños, pero antes de que pudiesen acercarse me alejé con la excusa de buscar a Becka y a James. Cuando los encontré, se estaban besando en un sofá. Él pasaba una mano por encima de sus senos mientras le besaba el cuello, y ella parecía disfrutarlo.

—¿Becka, qué haces? ¡Es mejor que nos vayamos! —le dije, mirándola un poco exaltada.

Con sus ojos entrecerrados y riéndose de mí, me dijo:

—Cálmate, niña. Relájate y disfruta. Busca a un hombre lindo que te haga sentir mejor. —Sacó su lengua, con la que sostenía una pastilla azul, tomó una botella de agua y me dijo—: Lo que deberías hacer es divertirte, liberarte, dejar de pensar en qué pasará y vivir el momento.

Se tomó el agua y se tragó la pastilla. En ese momento Dan me pasó una cerveza, me pidió que me calmara y me llevó a un sofá al otro extremo de la casa. En el recorrido traté de volver mi mirada, mi instinto me decía que algo no andaba bien. Al llegar al sofá me terminé la cerveza y después me tomé otra y otra más. No parábamos de hablar, y con el pasar del tiempo el licor hacía su efecto. Entonces me sentí muy mareada y pensé que debía detenerme. Le di a Dan un beso en la mejilla y luego sentí que estaba perdiendo el control.

El tiempo pasaba rápido, la música sonaba más fuerte, todos reían, se abrazaban, se besaban y seguían "metiendo". El *buffet* de drogas se acababa. No sé cuántas cervezas me tomé, pero lo último que recuerdo es que Dan mezclaba los vasos gigantes de cerveza con *shots* de un licor fuerte que al parecer era tequila. Trataba de besarme y, aunque me gustaba mucho, lo evitaba. Me daba una risa nerviosa que no podía controlar, y la situación se volvía incómoda.

Me sentí muy, pero muy mareada, y pensé que vomitaría en plena sala, a la vista de todo el mundo. Como pude me levanté, caminé sosteniéndome de las paredes y subí las escaleras, que para ese momento se me hacían una eternidad. Algunas personas me indicaron el camino hacia el baño sin siquiera haberles preguntado. Atravesé un bosque de personas y en el segundo piso me encontré con un sinfín de puertas. Abrí la que creí que era el baño, pero me encontré con una pareja en un apasionante encuentro sin ataduras. Abrí la siguiente y por fin encontré lo que buscaba: ¡el glorioso baño!

Creo que estuve una eternidad de rodillas, expulsando demonios que se fueron por el retrete. Cuando me compuse un poco, aún mareada, salí y escuché a James maldiciendo. Abrí la puerta del cuarto de donde venían las groserías y pude divisar a Becka semidesnuda, sin blusa ni brasier: había vomitado y estaba en un estado lamentable. James estaba desnudo, untado de vómito en el pecho y de mal humor. Como pude traté de vestir a Becka, y con mucho esfuerzo le puse la blusa. Tenía los ojos completamente blancos, como un zombi. Le limpié la boca con una de las sábanas, y al ver el estado en el que se encontraba reaccioné violentamente e insulté a James.

—¿Qué le hiciste? ¿Qué tomó? —le grité, pero estaba tan drogado o era tan pervertido, que me miró con lujuria.

Bajó su voz y me dijo:

—Desnúdate, pero no te vayas a vomitar como la perra de tu amiga.

Lo empujé, lo saqué de la habitación y cerré con llave. Él golpeaba la puerta con fuerza; estaba asustada porque no sabía si la iba a tumbar. Me sentí desesperada porque Becka no reaccionaba, y cada vez estaba peor. Pasaron casi diez minutos y nadie me ayudaba, aunque gritaba con todas mis fuerzas. Becka hacía ruidos extraños, como si roncara bajo el agua. Traté de moverla, pero no pude. Grité, pero por el ruido de la música seguían sin oírme. Se me quitó inmediatamente la borrachera y el mareo. Cuando pensé que todo estaba perdido, sentí un silencio sepulcral y los golpes en la puerta cesaron. Cuando volví a gritar, escuché la voz de una mujer que decía:

—¡Abre la puerta, es la policía!

Todo sucedió muy rápido: sirenas, policías, ambulancias, el maldito cielorraso del hospital, esa luz blanca del techo, el olor fatídico de ese lugar, el color blanco que te dice que todo está mal, las horas que pasan y no te dicen nada, las miradas que te juzgan y te acusan.

Becka me abandonó para siempre el 11 de abril de 2012, a solo diez días de cumplir quince años. Los médicos dijeron que se había ahogado en su propio vómito y que ingirió un coctel mortal de éxtasis que no le permitió tener los sentidos para darse cuenta de lo que estaba pasando. Todos en la fiesta fueron arrestados y llevados a la comisaría. Los padres de los menores fueron a sacarlos del aprieto, y a los mayores los retuvieron por diferentes cargos, pero luego los dejaron en libertad. James solo tuvo dos cargos por exhibición indecente y por posesión de marihuana.

Aunque investigaron para encontrar al responsable de la muerte de Becka, todos argumentaron que nadie le había suministrado las pastillas que ingirió y que nosotras habíamos llegado allí por nuestra cuenta. El abogado de James me despedazó en una audiencia, cuando sugirió que al mentir sobre nuestras edades y al maquillarnos nos hicimos responsables de nuestros actos. No sé cómo, pero una bolsa con marihuana y dos pastillas de éxtasis (Kermit y Love Herz) fueron encontradas en el bolso de Becka, lo cual le permitió a la policía deducir que Becka era una consumidora frecuente y que la combinación de pastillas y licor le había labrado su destino. Caso cerrado e impune.

Recuerdo que estaba en la sala de espera de la clínica cuando Jossete y Abbey, con rostros de angustia, se acercaron en silencio y me abrazaron. No faltó decir una sola palabra para entender que era imposible para nosotras cambiar el resultado. Aquella mujercita fuerte a la que no se la veía llorar y que aconsejaba a las demás ya no estaría con nosotros, al menos no físicamente. Jamás había llorado con tanto sentimiento por algo o por alguien; sentí que ese día había muerto una parte de mí.

Las lágrimas nublaban mi visión y no puedo recordar mis pensamientos. Solo sé que caminé hasta la habitación en la que estaba y vi su cuerpo pálido y sin vida cubierto por unas sábanas blancas, bajo ese maldito cielorraso, con esas lámparas que deslumbran y enceguecen. Se veía maltratada y golpeada, pero tranquila y callada. Como pude tomé su mano inerte, le dije lo mucho que lo sentía y lo mal que estaba por no haber podido hacer algo para ayudarla. Mis palabras salían acompañadas de lágrimas y dolor; estaba desolada con un nudo en el pecho, como si alguien se hubiese sentado allí; mi cuerpo no tenía fuerza y me sentía en un trance del cual no podía escapar. No me cabía en la cabeza que ella, mi mejor amiga, la única que se interesaba por mí, no fuera a despertar jamás. Pasaban los minutos y esperaba que abriera los ojos y me dijera: "Larguémonos de aquí". Nunca sucedió. Me quedé los años por venir esperando verla cruzar por mi puerta y entender que todo esto era una pesadilla horrible que no acabaría nunca.

Después me llevaron a Main House, donde tuve una crisis nerviosa. Las directivas pensaron que me quería suicidar, solo porque me había desmayado en el baño. No era para menos: me había cortado en piernas y brazos durante mi ya conocido y decadente ritual. Aun así el dolor del alma no me abandonaba, pero el corporal se hacía más profundo. Con mi "genialidad" decidí tomar una grapadora y clavarme los ganchos para "decorar" todo mi brazo desde la mano izquierda. Qué estúpida. Solo logré un problema mayúsculo y armar otro escándalo.

El funeral de Becka fue muy triste. Me pidieron que dijera unas palabras y, aunque lo intenté, solo pude decirle adiós. No tuve el valor y tampoco estaba en las condiciones físicas para hacerlo: me encontraba en una silla de ruedas, consecuencia de mis "grandes" ideas de apagar el dolor. En fin, el llanto no me permitió decirle todo lo que quería;

solo recuerdo su sonrisa, su voz y algunos de sus consejos. Días después, arreglando las cosas en el cuarto, encontré una especie de diario escrito por Becka. Tomé fuerzas para abrirlo, y de todas las historias que contaba, leí lo que había en unas páginas dedicadas a mí.

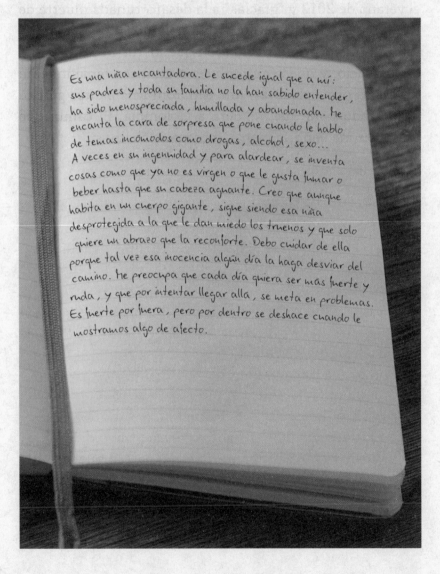

Es una niña encantadora. Le sucede igual que a mí: sus padres y toda su familia no la han sabido entender, ha sido menospreciada, humillada y abandonada. Me encanta la cara de sorpresa que pone cuando le hablo de temas incómodos como drogas, alcohol, sexo…

A veces en su ingenuidad y para alardear, se inventa cosas como que ya no es virgen o que le gusta fumar o beber hasta que su cabeza aguante. Creo que aunque habita en un cuerpo gigante, sigue siendo esa niña desprotegida a la que le dan miedo los truenos y que solo quiere un abrazo que la reconforte. Debo cuidar de ella porque tal vez esa inocencia algún día la haga desviar del camino. Me preocupa que cada día quiera ser más fuerte y ruda, y que por intentar llegar allá, se meta en problemas. Es fuerte por fuera, pero por dentro se deshace cuando le mostramos algo de afecto.

Vi que me conocía muy bien y que sabía leer entre líneas todas mis emociones. Una vez más pensaba que cada vez que trataba de querer a alguien, algo malo le pasaba. Parecía que la vida se ensañaba conmigo y que solo tenía preparadas para mí desdicha y tristeza; pero en el verano de 2012 y "gracias" a la desafortunada muerte de Becka, las directivas de The Moldingham School se reunieron con mis padres y decidieron que lo que necesitaba era otro espacio, y que seguir allí sería un inconveniente para todos. En otras palabras, ¡me echaron! Mis padres gestionaron todo para que volviera a Colombia. El cambio de ambiente me vendría bien… o eso pensábamos.

Capítulo **2**

Hogar, "dulce" hogar

CUANDO VOLVÍ A CASA, mis padres trataron en vano de comunicarse conmigo. Estaba ensimismada, lejana y callada. Entré a mi cuarto y no lo podía creer: era el lugar perfecto para una niña de cinco años. Mis padres no lo habían cambiado, aunque era de esperarse, porque me seguían tratando como si el tiempo se hubiese detenido.

Cambié las Barbies y los afiches de High School Musical por cuadros de The Cure, Pink y otros artistas que me gustaban. Pedí que me oscurecieran el cuarto y que desapareciera el rosado; pedí también, en vano, que mi pasado desapareciera.

Finalmente, al pasar el tiempo y después de tanta insistencia, empecé a adaptarme al entorno, dejé que mis padres me guiaran en algunas cosas, no forcé nada y me resistí poco a los cambios. Eso me dio una gran ventaja que pude manejar a mi antojo, aunque en las noches me sentía muy deprimida. Cerraba los ojos y veía el rostro de mi amiga pidiendo ayuda; era un sueño recurrente en el que ella aparecía al lado de mi cama estirando su mano. No era necesario estar dormida para tener esa visión. Lloraba todo el tiempo, pero ahogaba mi llanto por momentos, respiraba hondo y encendía la luz para espantar esos monstruos de la oscuridad.

Todo lo que había conocido estaba por cambiar, pero la experiencia que había vivido tal vez me iba a ayudar a no cometer los mismos errores del pasado. De vuelta en casa, pensé que las cosas mejorarían; quizá ya habrían olvidado tanto escándalo y tanta decepción.

Es duro cuando las personas tienen puestas ciertas esperanzas en ti, pero los problemas parecen seguirte y te convences de que eres un caso perdido, de que son ciertas todas esas afirmaciones que te hacen los profesores, los psicólogos, tus padres, tu familia y todo aquel que pierde la fe en ti: "¡No me extraña que hubiera sido Paula la que comenzó todo!", "¡Tenías que ser tú!", "¡Nunca vas a llegar a ser nada!", "¡Todo es por tu culpa!". Son frases que te persiguen cada vez que hay un inconveniente, y que vienen acompañadas de miradas acusadoras y de gestos de desaprobación, que te hacen sentir fastidiada por dentro y que alimentan el fuego del enojo. Solo quieres que se callen, pero luego crees que tienen razón y que quizá sí actúas de esa manera. Finalmente pierdes tu identidad y asumes la que ellos te dan: terminas por creerles que tú eres un gran problema.

Me dejaba doblegar por esos comentarios y a menudo se empapaba mi almohada por un mar de llanto; lloraba casi todos los días y, aunque a veces intentaba realizar mi "ritual" para disipar el dolor, veía mis cicatrices y me daba cuenta de que el dolor nunca desaparecía.

Ante todos me erguía como un roble; jamás me dejé amedrentar, no me doblegué y no me mostré débil ante el "enemigo", pero en el silencio y la soledad de mi cuarto me derrumbaba, hasta el punto de no poder salir a la calle, pues mis ojos hinchados no me lo permitían.

Me sentí frustrada, porque muchas veces no tuve con quién hablar sobre esto; mis padres, como siempre, andaban muy ocupados. No tenía amigos y solamente la soledad me acompañaba.

Únicamente logré conocer a algunas personas, en las que deposité mi confianza, meses después de llegar. No podía confiar en el primero que apareciera; después de haber compartido tantas cosas con Becka, me era difícil contarle a alguien mis intimidades como lo hacía con ella. Además, tenía represado en mi alma un sentimiento, una melodía inconclusa que pedía a gritos poder salir, esa impotencia que se siente al no poder gritar, al no poder decirles todo lo que sientes a esas personas que te juzgan y te critican; ese sentimiento era un dolor detenido por el tráfico de la angustia y el pesar.

Todo seguía jugando en mi contra y nada parecía mejorar. Siempre recordaba las palabras de Becka retumbando en mi cabeza: "Somos fuertes y esa fortaleza nos lleva a triunfar, porque no les demostramos a nuestros enemigos que somos vulnerables".

Me hacía la que era muy fuerte y nunca demostré que un comentario o una mirada me afectaran: eso es lo que busca todo aquel que te provoca. No volví a reaccionar con violencia, me volví casi imperturbable... bueno, hasta cierto punto.

En las reuniones familiares me trataban como a un convicto que sale de la cárcel y trata de reincorporarse a la sociedad. Me miraban con miedo, con desaprobación, y en algunas ocasiones escuché a mis tíos y tías prohibirles a mis primos meterse conmigo, porque, según ellos, era una mala influencia para todos.

No era para menos: les enseñé a fumar a un par de ellos y prácticamente convencí a la virginal prima Isabela, quien estudiaba en un colegio de monjas, de que si no perdía la virginidad ahora, sería imposible que un hombre se fijara en ella; no tenía idea de que se fuera a convertir en ninfómana e hiciera espectáculos bochornosos hasta con un trabajador del colegio. Cuando la psicóloga le preguntó por qué lo hacía, ¿adivinen a quien le echó la culpa? Cada vez que alguien tenía un problema, me pasaba como a la guerrilla de este país: nadie preguntaba, pero todos creían saber que la culpa la tenía yo o que simplemente estaba detrás de cada uno de esos líos.

Para alejarme un poco de todo y tener más tranquilidad, continué con los cursos que hacía en los veranos: tomé clases de canto, fotografía y modelaje. Comencé a tener éxito con este último y pude subir peldaños para alcanzar uno de mis sueños de infancia: ser modelo profesional, llegar a la cumbre y desfilar para grandes diseñadores. Al comienzo, esa actividad me hizo acercarme más a mi madre, y descubrí que podíamos pasar un tiempo juntas y tal vez, ¿por qué no?, recuperar todos esos momentos perdidos; ser madre e hija y olvidarnos de todo un poco.

Cambié mi ropero de niña roquera rebelde por ropa un poco más chic, y el maquillaje gótico por algo más natural y fresco. Fui de compras con mi madre a varios almacenes reconocidos. Me veía muy bien en los diferentes vestidos que compraba. La silueta de mi cuerpo resaltaba, y eso llamaba mucho la atención de propios y extraños.

Así pude llegar a protagonizar tres comerciales para televisión, aparecer en varias revistas promocionando ropa para adolescentes y ganarme una beca en la mejor agencia de modelos del país.

Encontré un sentimiento que no había experimentado desde que era muy pequeña: ser plenamente feliz. Por primera vez en mi vida me veía frente a un espejo y me sentía bien por dentro y por fuera, y eso se veía reflejado en las cosas que hacía. Volví a pintar mi cuarto con un poco más de color y acepté sonreír en las fotos. Por un momento fui lo que siempre quise ser.

Una noche de diciembre estaba encendiendo velitas, un ritual muy religioso para mi gusto, pero que me permitía por lo menos pasar un momento agradable con la familia. Mi papá se acercó, me abrazó y me dijo:

—Me encanta verte feliz y sonriente, y estoy muy contento de que hayas regresado, no solo físicamente.

Lo miré y esbocé una sonrisa. Levanté mis ojos hacia el cielo y vi la luna llena.

—¿Sabes pa'? Becka solía decir que el problema de ser feliz es que puedes estar construyendo un mundo de cristal y que cuando este se quiebra e intentas levantar los pedazos del suelo, te cortas y te desangras hasta que solo queda una infinita tristeza.

Se paró frente a mí y tomándome de las manos dijo:

—Mi princesa hermosa, ¿cuán feliz quieres ser? Está en ti forjar tu felicidad y lograr todo lo que te propongas; el problema es cuando esa felicidad la forjas engañándote a ti misma.

Después de muchos fracasos, finalmente la vida me había cambiado. Era otra persona, o quizá la misma, pero ese "yo" interior que quería sentirse acogido, finalmente emergía de entre las sombras.

Sin embargo, muchos de mis familiares habían perdido toda la fe posible en mí; la gente del club hacía comentarios sobre cuánto me duraría esta felicidad tan anhelada; muchos apostaban a que me perdería fácilmente en cualquier momento. Les hubieran dado un premio por su predicción.

Una mañana muy gris de septiembre de 2012 salí al frente de mi casa en Rosales, uno de los barrios con más prestigio en Bogotá. Allí, junto a otros adolescentes de diferentes edades, mi figura llamaba la atención, por ser la niña nueva que esperaba la ruta de bus para llevarla a su nuevo destino, a una nueva vida, a nuevas personas y, en general, a un nuevo mundo por conquistar.

Debo admitir que sentía náuseas debido a los nervios: estaba ansiosa y me sudaban las manos, mis rodillas estaban heladas y el frío me calaba los huesos. Me sentía extraña a causa de mi nuevo uniforme, que consistía en una falda azul con cuadros tipo escocés, medias blancas, zapatos azules, camisa blanca, corbata azul con rayas rojas y chaqueta azul de paño con el escudo de uno de los colegios más reconocidos del país: el Gimnasio Franco-Canadiense, sitio que tanto mis padres como yo pensábamos que sería ideal para florecer; pero nunca nos imaginamos que también sería el sitio donde me marchitaría.

Eran las 6:15 a. m. No sé por qué los colegios de esta ciudad nos hacen tomar un bus tan temprano. Es inaudito ver a los más pequeños madrugar tanto, y es inhumano que no me dejen dormir otro poco. Esa mañana me tuve que despertar a las cinco.

Cuando me subí al bus tenía sueño y frío, llevaba el pelo aún mojado y casi no me alcanzo a poner los zapatos.

La monitora de la ruta me pidió que me sentara en la parte de atrás, donde iban los más grandes. Mientras caminaba hacia ese lugar sentí la mirada de todos, e imaginé que desfilaba por una pasarela: era un sueño que siempre había tenido.

Sentí todas las miradas sobre mí, sus ojos me perseguían y por un momento pensé que podía leer sus mentes; sus susurros llegaban como esos pensamientos que te llegan en las noches en que no puedes dormir y se vuelven un torbellino en tu cabeza, un huracán de ecos y murmullos. Finalmente, llegué a mi asiento y me senté junto a la ventanilla; todos giraron su cuello (como la niña de *El Exorcista*) para poder verme más de cerca.

A veces desviaba la mirada hacia fuera para evitar los ojos inquisitivos de los otros estudiantes, sin embargo, me llamó la atención el muchacho de la otra fila, el que estaba diagonal a mi silla, quien a pesar de ser muy atractivo, me pareció hosco y un poco creído. No se dignó mirarme, se puso unos audífonos gigantes y me ignoró todo el camino.

Tres niñas que estaban al frente y a mi lado se sintieron amenazadas e invadidas. Dos de ellas trataron de hacerme un interrogatorio al estilo nazi, y la otra, Juliana Koppel, me amenazó varias veces, con el fin de que me quitara del puesto que consideraba era el suyo. Después de varios intentos, le sonreí y me puse mis pequeños audífonos, subí el volumen del iPod y seguí mirando por la ventana. Vi cómo mis interrogadoras se quedaban sorprendidas y después de unos segundos se reían. Mientras eso ocurría, Juliana se sentó a mi lado con cara de pocos amigos... Estaba lejos de descubrir que todo esto sería el comienzo de una amistad enfermiza.

Juliana Koppel vivía con sus abuelos desde muy pequeña. Sus padres habían muerto en un accidente de tránsito cuando se desplazaban a recogerla en el jardín infantil donde estaba: apenas iba a cumplir cuatro años. Fue algo desastroso para ella, y la hizo cambiar de una niña dulce a un "pequeño demonio".

Siempre fue muy problemática y estaba metida en cuanto lío existía dentro y fuera del colegio. No era buena estudiante y no cumplía con las tareas ni los trabajos, pero extrañamente, en algunas materias se las arreglaba para pasar. Era un año mayor que yo, pero estábamos en el mismo nivel. Esta niña hermosa de ojos grandes marrones, medidas de reina de belleza y una sensualidad a flor de piel, tenía más experiencia en muchas cosas que algunas de nuestras profesoras o, incluso, madres.

Alguna vez llegué a escuchar una historia en la que se contaba que ella y un profesor de Sociales se habían acostado en varias ocasiones. No sé si eso fue cierto; la verdad es que el profesor nunca pudo volver a ser contratado en otro colegio de esta ciudad.

Solo año y medio después de empezar en el nuevo colegio sentí que despegaba de otra forma. El inicio no fue nada fácil, por así decirlo. Juliana, aquella infame que quiso sacarme de mi puesto el primer día en el bus, se convirtió en algo así como una guía, una líder a la que seguiría ciegamente. Aunque era un poco mayor, mis padres no le vieron problema porque se veía como una persona fuerte, un "ejemplo" del cual podría aprender mucho, y al comienzo supo mostrarse ante ellos como todo un "ángel".

Los primeros días fui una total novedad, todos me preguntaban de dónde era, cuántos años tenía y muchos querían averiguar mi teléfono; entre ellos estaba Mario Morales, más conocido como M&M, no solo por sus iniciales, sino porque su padre era barranquillero de raza negra y su mamá una artista ucraniana blanca, rubia y de ojos verdes. De esa mezcla salió Mario, quien a sus dieciséis años tenía un color de piel "bronceado", ojos verdes y un cuerpo bien torneado, con un abdomen supremamente marcado, con aquello que siempre deseamos: un *six-pack*, además de una estatura de 1.85 metros. Para ninguna pasaba desapercibido.

El padre de Mario era un reconocido senador de la República, un hombre con mucho poder político en el norte del país y en el Congreso y que además era partidario del presidente Uribe. Mario tenía dos hermanas a las que defendía a capa y espada, entrenaba artes marciales mixtas y practicaba con éxito cuanto deporte le ponían. Cuando él me habló, me quede sin palabras; realmente no supe qué decir.

—Si algún día te interesa que hablemos, llámame —dijo sonriendo, y entregándome después su número en una servilleta.

A la salida del comedor me esperaba Juliana con otra de sus amigas, Jessica. Lejos estaba de imaginarme que, aunque Mario había dado por terminada una relación obsesiva con Juliana, al parecer ella no había recibido el mensaje y todavía lo consideraba suyo; sus palabras fueron muy elocuentes:

—No me voy a quedar quieta viendo cómo una gótica simplona me quita mi puesto en el bus, mis amigos y ahora mi novio. ¡Si no quiere un problema serio, aléjese de él, perra!

Mientras ella decía esto y me daba la espalda, su "escolta", Jessica González, se me paraba al frente de forma amenazante y trataba de intimidarme con su actitud. Creo que lograba siempre su cometido, pues tenía la forma de hacerlo: era nieta del fundador del colegio y además era invencible en los debates del modelo de Naciones Unidas; lograba abrirse camino por su temperamento y por su belleza.

La madre de Jessica siempre estaba dispuesta a cualquier cosa por su única hija, incluso a mentir o a creer cualquier mentira que ella se inventara. Sus padres eran permisivos hasta el punto de saber que su hija podía estar teniendo relaciones con su novio en la habitación y no hacer absolutamente nada para evitarlo.

Esa misma mujer agresiva y capaz de todo se paraba frente a mí con los brazos cruzados, con un pie adelante y zapateando de una forma desafiante, su mirada penetrante insinuando que podía llegar a romperme la cara.

Aunque no contaba con la simpatía de las más populares y fuertes, comencé a hacer unos pocos amigos, entre ellos aquel muchacho tan atractivo del primer día, ese que me ignoró todo el camino. Finalmente supe su nombre. Estábamos en una clase de Literatura y la profesora nos pidió que nos hiciéramos en parejas. Al parecer él era uno de los marginados, y por descarte quedamos los dos. Muy tímidamente me dijo su nombre.

—Bruno, me llamo Bruno Méndez, pero todos me dicen Chubby.

—Paula, mi nombre es Paula y todos me llaman Paula —le dije con una sonrisa, a la cual respondió y me comenzó a explicar el trabajo que debíamos hacer.

Era obvio que al estar a su lado me sentía muy atraída hacia él, pero era diferente a lo que sentía por Mario, esta sensación era menos física.

Bruno era alto, atlético, de pelo crespo, ojos grandes marrones y la piel más tersa que haya visto jamás en un hombre; siempre tenía sus audífonos grandes alrededor del cuello y se aislaba del resto de los grupos con la música que escuchaba.

Como había estado tanto tiempo por fuera, el español no era mi fuerte, y además había adquirido un acento muy marcado, por lo que cuando tenía que hablar, todos se burlaban de mí.

Chubby tuvo mucha paciencia conmigo y de a poco logró ayudarme lo suficiente para poder obtener buenas notas en todas las materias en las que necesité ayuda.

A los pocos días de conocerme comenzó a llamarme Pau. Almorzábamos juntos y nos íbamos en el mismo puesto, algo que agradecería Juliana, pues ya no le ocupaba su sitio en el bus.

A pesar de ser muy tímido me hacía reír mucho, y además me presentó a dos de sus amigas, Andrea y Sofía. Ambas eran muy hermosas, pero no se arreglaban mucho, y me recordaban a Jossette y a Abbey: ingenuas, débiles, manipulables y además muy introvertidas.

Los tres harían cualquier cosa por ser aceptados, porque aunque eran hijos, hermanos, estudiantes y ciudadanos ejemplares, soñaban con ser populares, reconocidos, temidos y deseados: las chicas deseaban más ese estatus que Bruno.

Andrea era de baja estatura, pero tenía muy buen cuerpo, pelo largo y liso. Sofía era un poco más alta, también tenía un buen cuerpo, pelo castaño, ojos verdes y usaba gafas.

Los tres se acompañaban y se conocían desde muy pequeños. Bruno tocaba la guitarra, Andrea la batería y Sofía el piano. Todos cantaban, dibujaban y tenían muy buenas notas; en síntesis eran *nerds* y eran mucho menos populares que yo. Los llamaban *freaks* y decían que Chubby era gay, loca, marica y un sinnúmero de apodos que apuntaban a que tenía un gusto por los hombres, solo porque no practicaba ningún deporte y prefería la lectura; mientras que a Andrea y a Sofía las señalaban como las feas, lesbianas, raras y todo lo que no encaja en un supuesto mundo normal; ninguno iba a fiestas, eventos deportivos ni conciertos con la gente del colegio.

Al unírmeles me indignaba mucho que nos llamaran "los cuatro rarásticos". Juliana y su grupo no nos dejaban en paz; siempre nos escribían cosas ofensivas en algunos cuadernos o nos empujaban cuando nos veían. Sus comentarios en Facebook eran de lo peor. Además, en varias ocasiones crearon grupos solo para burlarse: nos hacían caricaturas y videos en los cuales nos ridiculizaban.

M&M trataba de ser amable conmigo porque yo le gustaba, pero se portaba mal con mi grupo porque era obvio que aún estaba bajo la influencia de aquel "sedante" llamado Juliana.

En Halloween de ese año, y con base en la lógica de Mr. Howl, un profesor de Matemáticas a quien todos llamaban a escondidas *Mr. Asshole* (decía que la mejor forma de blindarse contra las burlas de los demás era riéndose de uno mismo), convencí a mis nuevos amigos de que lo mejor era disfrazarnos de *Los cuatro fantásticos*: si aprendíamos a burlarnos de nosotros mismos, nada ni nadie podría hacernos daño. Fue así como, después de ensayar la coreografía con todos los de mi salón durante una semana para ganar un trofeo, al entrar al coliseo del colegio donde se celebraba un evento de Halloween, todos se quedaron en silencio cuando nos vieron. Sentimos las miradas de todo el mundo, Andrea y Sofía iban a devolverse, y comenzaron a sollozar y a decir que era una mala idea.

—Está bien, si quieren perder la poca dignidad que tienen, lárguense. Igual ya todos saben quiénes somos —les dije con voz fuerte.

Chubby me siguió y, cuando llegamos al centro sonó la música. Mientras bailaba giré hacia atrás y vi, no solo a mis amigos, sino a todos los de mi grupo haciendo la coreografía que habíamos montado y ensayado por más de ocho días. Nuestro sueño: ganar el concurso. Habíamos desafiado a nuestros enemigos y eso nos daba más confianza, sin embargo, teníamos que estar preparados para cualquier cosa, porque en los rostros de Juliana y los demás no se dibujaba ninguna satisfacción.

Ese mismo día en el bus, Chubby y yo nos reíamos y hablábamos de todo lo que había pasado, cuando de repente escuchamos un alboroto. La rutina de las charlas en el bus se vio interrumpida de un momento a otro: Andrea gritaba con desespero, pues Daniel Lemke, el agresivo hijo de un pastor anglicano, le quemó el pelo. Todo sucedió muy rápido. Él tenía un encendedor Zippo, y atrás Juliana y su amiga Jessica se hacían las que jugaban con agua, pero era alcohol. Daniel se agachó y el líquido cayó en el pelo de mi amiga; solo bastó una chispa y aquel pelo largo y sedoso desapareció por completo, dejando no solo un olor fétido, sino un dolor extremo en Andrea, que nunca fue capaz de recuperarse de semejante golpe. Su pelo le quedó a la altura de la nuca, donde alcanzó a tener una quemadura, al igual que la silla del bus y el pantalón de Daniel.

Cuando traté de ayudar a mi amiga y vi las condiciones en las que estaba, recordé toda la humillación y el dolor en mi vida. Tal vez fue una transformación a lo *Hulk*. No recuerdo nada de lo que pasó, pero todos aquellos que me acompañaban fueron testigos de una implacable furia; mis recuerdos de ese momento son un rompecabezas armado, gracias a que a lo largo de una semana diferentes personas me contaron con detalles lo que sucedió.

Me lancé contra Juliana y Jessica, le di un puño a la primera en la cara y a la segunda la agarré del pelo y la estrellé contra la ventana. Les grité diez mil groserías, pero la única que recuerdan todos los testigos es la que les dije al terminar de golpearlas: "¡Aquí encontraron su problema, perras!". Pude haberles fracturado el tabique a ambas o herirlas más seriamente, algo que no me enorgullece, pero una locura temporal se apoderó de mí y solo los brazos y la voz pacifista de Chubby fueron capaces de detenerme.

Llegué a casa, me encerré en mi cuarto y lloré toda la tarde. Pensé que este sería otro sitio del cual me echarían; ya no quería irme a otro lugar, no quería volver a ser desterrada y juzgada.

Tarde en la noche había decidido reiniciar mi ritual. Estaba en mi cuarto a punto de rasgar mi piel, pero cuando acerqué las tijeras a mi brazo, mi "sagrada" ceremonia se vio interrumpida: recibí una llamada. La voz de Juliana me sorprendió, así que colgué inmediatamente y desconecté el teléfono de mi cuarto. Sin embargo, no podía esconderme para siempre, por lo que después de media hora de llamadas a mi celular y de oír el teléfono de la sala repicando, finalmente decidí contestarle por WhatsApp, para no escuchar su voz, y así poder ocultar la mía, sollozante. Le escribí en tono amenazante.

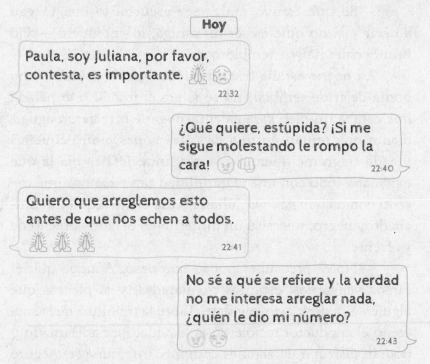

No podía creer que unas horas antes casi la acabo y ahora me estaba pidiendo que solucionáramos las cosas. Mis ojos no creían lo que estaban viendo. Tal vez la adrenalina me estaba jugando una mala pasada y por eso no me quedaba claro. Tuve que ir hasta la casa de Jessica para averiguarlo. Le pedí a Alberto que me llevara y que estuviera atento a cualquier cosa que me pasara; tenía miedo de una emboscada y del daño que me quisieran hacer.

Finalmente llegué y en la portería nos indicaron por dónde seguir; fuimos hasta un parque y caminé por el sendero que me indicaron hasta llegar a unas bancas. Allí encontré a Jessica, Juliana, Daniel y Bruno.

—Veo que no era mentira lo que me escribió por WhatsApp —dije con rabia, mirando a Bruno.

—Sé que estuvo mal, pero escucha lo que te van a decir y si no quieres ser mi amiga, lo entenderé —dijo Bruno, con una voz temblorosa.

La noche estaba fría, un viento gélido soplaba y no podía dejar de temblar; no sé si era el miedo o lo helada que estaba mi piel. Para calentarnos me ofrecieron aguardiente que tenían en una caja; las copas eran pequeñas y cada trago me quemaba la garganta. Jessica era la que explicaba todo con una tranquilidad tan pasmosa que me sentí como en *El padrino*. Juliana tenía el ojo izquierdo hinchado y negro, y Jessica un moretón en el lado derecho de su frente.

—No te preocupes por lo que pasó. Aunque quisiéramos vengarnos, estamos maniatadas, y si piensas que alguien va a decir algo, olvídate. Tanto la monitora de la ruta como el conductor recibieron la Navidad por adelantado y podrán disfrutar de algunas compras; mi mamá se aseguró de eso. Andrea usará extensiones y, aunque sus padres quedaron impactados, la pudimos convencer de que lo mejor era decir que le habían cortado el pelo por robarle el celular. Era eso o ganarse más enemigos, y creo que lo entendió muy bien. Ahora, por todos los demás del bus no hay que preocuparse. Lo único que falta es que entiendas que nada de esto se puede saber —explicó Jessica, de una forma tan tranquila que me hizo recordar a los abogados de Londres.

Al parecer no era la primera vez que tenía esta clase de problemas y tampoco la primera que los solucionaba de esta forma. Mucho menos sería la última. Quedé atónita al ver cómo éramos el reflejo de una sociedad sin valores. Ahora entiendo que cuando no afrontamos los problemas con la verdad y no asumimos las consecuencias, ese río de conflictos nos lleva a una cascada más grande, donde los silencios cómplices tratan de cubrir situaciones delicadas que generan injusticia e impunidad. Nunca fui muy religiosa ni nada por el estilo, pero creo que esa noche no solo acepté ese trato, sino que le vendí mi alma al diablo.

Después de este incidente todo volvió a la "normalidad", aunque Andrea empezó a tener muchos inconvenientes, pues se aislaba incluso de nosotros, que éramos sus amigos. Siempre la veíamos ida, silente y por más que intenté acercarme a ella, nunca me lo permitió. Finalmente, este *impasse* fue más fuerte y se fue del país: su padre aceptó un trabajo en México.

Creí que eso era lo mejor para ella y para nosotros, pero dos intentos de suicidio e igual número de crisis nerviosas me respondieron que no. Subió varios videos a YouTube en los cuales no hablaba. Todo el panorama que ofrecía eran unas tarjetas explicando lo miserable que era su vida y, aunque tenía muchas visitas, solo nos dimos cuenta cuando nos llegaron noticias de sus fallidos intentos por dejar este mundo.

Mi relación con los *Étoile*, como se hacían llamar Juliana, Jessica, Laura, Daniel y Mario, cada vez mejoraba más. Entenderán que el nombre lo escogieron Jessica y Juliana. El sobrenombre hablaba de una estrella con cinco puntas que brillaba y que siempre estaba en lo más alto:

eso querían ser ellos, y para lograrlo no importaba a quién pisoteaban.

Aunque todavía pasaba tiempo con Sofía y con Chubby, comencé a pasar algunos momentos con los *Étoile*. Ir a fiestas, a *campings* y a bares con identificaciones falsas, e incluso a El Peñón sin ningún adulto, se convirtieron en rutina de cada fin de semana.

En aquel lugar bebíamos mucho, fumábamos y hacíamos todo lo que por espacio y tiempo no podíamos hacer normalmente en nuestras casas. Ese lugar lleno de hermosas casas de descanso, que contaba con todas las comodidades que el dinero puede ofrecer, era nuestro refugio anárquico, testigo silencioso de los actos más desquiciados, lujuriosos e inverosímiles de nuestras vidas.

Capítulo **3**

Verdades ocultas

UN *BIP* CONTINUO, sin ser una hermosa tonada, me recuerda que aún sigo atada a este mundo. Es como una macabra sinfonía inconclusa que me aleja por un momento de mis recuerdos. Ahora puedo ver mi cuerpo atrapado en la red de cables y conectado a un aparato que respira por mí. No sé si soy el alma, el espíritu o si solo es un sueño; al parecer sigo hacia el final del camino y solo estoy en una transición. Tal vez en unos instantes todo quedará en la memoria del universo: algunos muy buenos momentos y otros no tanto. Siempre escuché a mi abuelo decir que no hay un muerto que sea malo; seguramente nadie contará una mala historia sobre mí, por el contrario seré la niña dulce que tenía buenos amigos y que siempre estaba lista para ayudarlos.

Muchas veces leí artículos sobre lo que en muchos países llaman el corredor de la muerte: personas sentenciadas por sus crímenes a alguna forma de ejecución. Bien, parece que la vida me trajo hasta esta unidad de cuidados intensivos. Tal vez no fui tan buena, tal vez dije cosas que no debía decir y callé otras que se debían saber: el silencio es un crimen cuando sabes que algo no está bien.

Frente a mí se descubre la figura de un hombre. Su mirada aterrada al ver mi cuerpo en esa obra de horror es comparable con ver un accidente en la calle; esa clase de mirada de aquel ser humano que no espera que algo malo suceda. Espantado, se acerca a la cama y me habla, su voz tiembla al igual que sus manos; casi con respeto sepulcral se sienta a mi lado.

—Lo siento, lo siento mucho, quiero pedir... quiero pedirte perdón porque pude haber evitado que todo esto sucediera, pero debes entender que solo los más fuertes sobreviven y tal vez, solo tal vez, si llegaras a hablar harías mucho daño —dijo sollozando.

¡Mucho maldito! Después de que estuve al lado de todos ellos, callando y siendo fiel a un grupo que consideré como parte de mi vida, ahora que estoy a punto de partir, me sale con estas. Pensé que el miedo expresado por este inútil se debía al hecho de ver morir a alguien por quien se preocupa, pero a él y a todos los demás solo les interesa la verdad, o mejor dicho, mantenerla oculta, matarla, que no vuelva a ver la luz; esa verdad soy yo postrada en una cama, incapaz de ser contada.

Desde muy pequeña siempre fui sincera, frentera y franca, lo cual me trajo muchos inconvenientes, porque a la gente no le gusta escuchar todo aquello que es real y negativo. Si te equivocas, tienes que escuchar que lo podrías haber hecho mejor; si no sabes cantar, te dirán que lo haces muy bien pero que hay cosas por mejorar. Ninguno te dice: "¡La cagaste! Te voy a dar un consejo, el canto no es lo tuyo". Ni siquiera en una relación de pareja se es completamente honesto, ¿o es que un tipo le dice a su novia o a su esposa: "Tu amiga está muy buena, me gustaría acostarme con ella, la estuve morboseando mientras bailabas"? Aprendí que la verdad se disfraza de todo aquello que queremos esconder, que se convierte en esa mentira piadosa, en ese bálsamo endulzante que no permite que algunas personas salgan heridas. Es una anestesia que no nos deja ver el holocausto en el que vivimos.

Mi visitante es un maestro en este arte; prácticamente todos los somos, sin embargo, él solo ha venido a asegurarse de que mi memoria y todo lo que en ella habita muera junto con mi cuerpo.

Después de tanto sufrir en mi vida y de ser la "oveja negra" de la familia, llegué a un momento en el que me sentía volar, soñaba despierta, tenía grandes "amigos", cada vez me acercaba más a mi familia, no tenía grandes dificultades y lograba mi meta de tener una carrera en el modelaje. Esta vez la verdad venía bien disfrazada.

Todas las verdades comenzaron a esconderse desde el mismo momento en que acepté ese trato con los *Étoile*. Aunque estaba involucrada en un hecho bochornoso, me pareció conveniente quedarme en silencio y ser una veleta a la que lleva el viento a su parecer.

Juliana tal vez no sea la mejor influencia para alguien tan falto de carácter como yo, pero siempre creí que debía ayudarla. Al comienzo me repartía entre todas mis actividades, mis clases de modelaje, las compras con mi mamá, las tareas con Chubby y con Sofía y las noches de fin de semana con Juliana y los *Étoile*. Mi abuela decía: "Nadie puede servir a dos señores". Jamás lo había entendido hasta este momento.

Chubby siempre fue una parte importante de mi vida y me comprendió mucho más allá de lo que cualquiera pudo haberlo hecho. Pasábamos tardes enteras en mi casa o en la suya. Muchas veces no escuchaba lo que me decía porque me quedaba atónita mirando sus labios carnosos y dulces, sus ojos grandes y profundos; y otras veces consentía su pelo ondulado por horas, mientras él parecía un río de palabras. En mis momentos más tristes me secaba las lágrimas y me apoyaba. Su inteligencia me seducía, y a pesar de que hablábamos por horas, siempre nos escuchábamos el uno al otro, aunque debo admitir que él lo hacía más que yo. Ambos éramos muy orgullosos y si peleábamos, nos hacíamos falta; era muy difícil que reconociéramos nuestras culpas. Un día le dije:

—En algún momento de tu vida te arrodillarás ante mí y derramarás lágrimas para lavar tus errores.

Con una frialdad incalculable me miraba, se daba la vuelta y decía:

—¡Sigue soñando, princesita, sigue soñando!

Una semana de receso antes de Semana Santa, Juliana me invitó a su cumpleaños en El Peñón. Aparte de nosotras iban algunos amigos de ella y por supuesto "mi grupo favorito", los *Étoile*. Durante varios días lo único que hicimos en ese sitio paradisiaco fue "lavar" nuestras penas en alcohol. Me quedé muy sorprendida cuando a mitad de semana unos hombres armados con cara de pocos amigos llegaron hasta la casa, preguntaron por Juliana, hablaron a solas un par de minutos y después se marcharon. Me pareció algo extraño ya que, según sabía, sus abuelos tenían una pensión, eran personas tranquilas que no estaban metidas en nada raro y no vivían con lujos. Cuando le pregunté, me dijo que la casa era de su tío, un empresario importante.

—No vas a creer lo que me voy a dar de regalo —me dijo, riéndose y cambiando abruptamente el tema—. Quiero regalarme algo que he deseado desde hace tiempo, espero que te alegres por mí —repitió, riéndose irónicamente.

El jueves de esa semana llegaron muchas más personas, entre ellas mi adorado Chubby y Sofía. Quedé en *shock* cuando los vi.

—No quise que te amargaras, así que los convencí de que vinieran, diciéndoles que los extrañabas —me dijo Juli sonriéndome.

La abracé fraternalmente.

—Eres la mejor amiga del mundo, gracias. —Corrí hasta donde estaban mis amigos, los abracé y les brindé un par de cervezas.

—Quería saber qué es lo que te aleja tanto de nosotros —me dijo Chubby, con su sensual sonrisa.

Quedé matada, de infarto, no podía creer lo que ese hombre tímido e inteligente significaba para mí. Pensé que al ser una noche especial podríamos hablar de todo eso. Vi cómo Mario, Daniel, Jessica y Juliana hablaban con todos alrededor de la piscina y me miraban como diciendo que esa era mi noche.

El reloj marcaba las ocho y la música estaba en su más alto nivel cuando comenzaron a ofrecer bastante trago: cajas de aguardiente, botellas de vodka y sobre todo cervezas rotaban en grandes cantidades. Más tarde empecé a ver a los amigos de Juliana entrar y salir de la casa principal, y se iban turnando. Cuando fui a ver qué era lo interesante, volví a esa fatídica noche en Londres: una mesa llena de drogas, un *déjà vu* que me devolvió en el tiempo. Entonces me sentí mal, las paredes parecían de plastilina, se estiraban, se me iba el aire, me ahogaba y sentí que me iba a desvanecer; mis piernas temblaban. Por un momento me vi encerrada sosteniendo el cuerpo de Becka y gritando sin poder ser oída. No podía respirar.

Salí de la casa, pero el aire era pesado y caliente. Sofía me alcanzó y me preguntó qué me pasaba. Después de explicarle, me llevó a la casa, me puso una toalla con agua fría en la frente, me recostó en uno de los cuartos de arriba, me pidió que me calmara y se quedó conmigo por lo menos por una hora.

—Voy a ver a Bruno y a contarle que estás aquí para que no se preocupe.

Esa fue la última vez que escuché la inocencia de Sofía.

Pasadas varias horas y llegada la medianoche, al no poder dormir por la gritería y la música, bajé y empecé a ver a mucha gente drogada y borracha. Algunos se estaban comiendo a besos, otros hablaban y decían estupideces; ninguna de sus caras me era familiar. Busqué a mis amigos y no los encontré en la piscina. Vi a Jessica que estaba en vestido de baño, abrazada a un tipo que parecía que se había consumido todos los esteroides de la Tierra: sus músculos estaban inflados y su pecho era digno de una copa talla 40F; debí interrumpirlos para preguntar por Chubby. Me dijeron que estaba en el *jacuzzi* con Sofía y con Juliana. Fui hasta allí, pero solo encontré a Laura, quien para mi sorpresa se estaba besando con una amiga de Juliana. Todo era un caos. Aunque muchas veces había ido a fiestas a ese lugar, nunca había visto algo tan pesado como esa noche.

Me volví ciega y no quise ver la realidad de las cosas. Me senté a tomarme un trago para calmarme un poco y después me tomé otro: se estaba repitiendo la escena de Londres. Esta vez decidí cambiar las cosas y bailé con algunos tipos al lado de la piscina. Mi idea era que al bailar podría sacar el trago de mi organismo y después me sentiría mejor. Casi a las tres de la mañana, uno de los manes que estaban conmigo les dijo a sus amigos que la *nerd* de gafas y falda *hippie* que se había ido con un tal Camilo estaba "perdida", que no la encontraban por ningún lado.

Mi voz no sonaba para nada estable. Era un hecho que estaba borracha, pero traté de fingir que estaba bien y les pedí que la fuéramos a buscar, pues se trataba de mi amiga. Ellos me dijeron que Sofía estaba muy drogada y que actuaba extraño. Me quedé en silencio y mi cerebro no pudo procesar toda esa información. Después de unos minutos traté de pensar y me dije que no era posible que habláramos de la misma persona, así que decidí seguir bailando.

Casi a las cuatro de la mañana me sentí muy cansada y decidí ir a dormir. Entré al cuarto donde nos estábamos quedando Juliana y yo, y vi que ella estaba en su cama. No prendí la luz y supuse que estaba drogada o borracha. Cuando me senté en mi cama para quitarme los zapatos, me di cuenta de una realidad de las que quieres negar y no puedes. Quieres que sea una pesadilla, despertar y sentirte tranquila porque era solo eso, pero ese designio malévolo que me perseguía parecía volver con más fuerza: un clic de la lámpara de la mesa de noche iluminó y reveló ante mí una cruda verdad que estaba personificada en unos ojos grandes y profundos, labios carnosos y dulces, un pelo rizado y su sombra… la misma que me acompañó desde que regresé al país. Me quise desaparecer cuando escuche la voz de Juliana, que dormía a su lado diciendo:

—¿Qué pasa? Dejen dormir…

Mi ilusión estalló en mil pedazos y se me hizo un nudo en la garganta. Como pude bajé las escaleras abriéndome paso entre la decadencia y escapando de la humillación.

Tomé uno de los carritos de golf y salí rauda hacia algún lugar. Deambulé toda la mañana hasta que el sol salió y el cansancio me venció.

Cuando me dirigía hacia la portería a las seis de la mañana, decidida a largarme de ese lugar, vi algo en uno de los lotes vacíos que están para la venta. Me acerqué a lo que parecía alguien moviéndose: Sofía estaba tirada en el pasto, no tenía su falda *hippie* ni sus gafas, estaba en ropa interior y casi sin sentido. Llamé a uno de los guardias, que trajo una manta para cubrirla y me ayudó a llevarla hasta la casa, aunque me insistió en que la lleváramos al centro médico o que simplemente llamáramos a la policía. Me negué y lo pude convencer de lo contrario, claro está, con una propina de por medio.

Laura, que estaba muy despierta, me ayudó a acostarla; tenía miedo de que todo se repitiera otra vez y de que perdiera a alguien más que me importaba, pero un vecino que trotaba por el lugar, al vernos entrar, nos ofreció su ayuda. Era estudiante de medicina, y al tomar sus signos vitales y revisarla, nos dijo que estaba bien, que solo era una borrachera y que debía dormir. Le conté a Laura sobre cómo la había encontrado. Nos preocupamos porque cuando la recogí, vi que su entrepierna tenía rastros de sangre. Me detuve para no saber más allá de lo que ya sabía: eran demasiadas verdades para una sola noche.

A las nueve de la mañana, uno de los tipos con los que había bailado la noche anterior dijo que se iba para Bogotá, y le pedí que me llevara. Aunque me sentía cansada durante el viaje y con sueño, no pude dormir. Veía muchas imágenes que me torturaban: Becka, Sofía, Bruno, drogas... Así que me abstraje como cuando era pequeña, me elevé lo más alto que pude y escapé mentalmente a un mundo perfecto. Cuando llegué a mi casa, me encerré en mi habitación y lloré hasta que todo el alcohol que había consumido me abandonó por medio de mis lágrimas; me sentí derrotada, decepcionada y engañada.

Durante dos semanas me reporté como enferma y no quise asistir al colegio. No tenía el valor para verle la cara a nadie, no contesté llamadas y cuando entré a Internet, encontré "millones" de mensajes en Facebook de mis supuestos amigos. Tenía un *inbox* de Juliana. La verdad tiene una cara, sin embargo, la mentira emplea mil máscaras y, entre esas, la desfachatez.

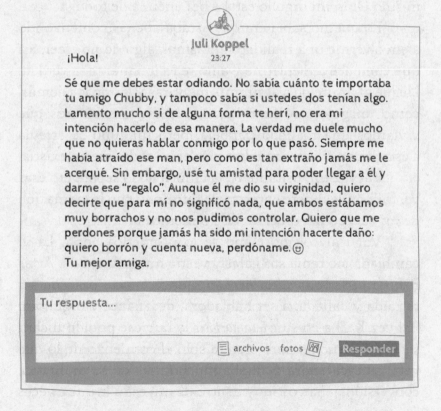

Juli Koppel

¡Hola!   23:27

Sé que me debes estar odiando. No sabía cuánto te importaba tu amigo Chubby, y tampoco sabía si ustedes dos tenían algo. Lamento mucho si de alguna forma te herí, no era mi intención hacerlo de esa manera. La verdad me duele mucho que no quieras hablar conmigo por lo que pasó. Siempre me había atraído ese man, pero como es tan extraño jamás me le acerqué. Sin embargo, usé tu amistad para poder llegar a él y darme ese "regalo". Aunque él me dio su virginidad, quiero decirte que para mí no significó nada, que ambos estábamos muy borrachos y no nos pudimos controlar. Quiero que me perdones porque jamás ha sido mi intención hacerte daño: quiero borrón y cuenta nueva, perdóname. ☺
Tu mejor amiga.

Tu respuesta...

                                    archivos   fotos   **Responder**

Estaba tan ciega por la ira y la desilusión que se me olvidó por completo lo que había pasado con Sofía, así que decidí llamar. Me sorprendió el tono de voz al otro lado del teléfono: estaba alegre y lejos de la frialdad que esperaba. Noté preocupación por mí en sus palabras. Me preguntó varias veces cómo me había ido y por qué no la había esperado, bromeó sobre su borrachera y me dijo que era lo más arriesgado que había experimentado. Después de media hora me convenció de que volviera al colegio. Me llamó mucho la atención que hablaba de Juliana y de Daniel. Le pregunté por Bruno y me dijo que lo mejor era que lo llamara. No lo hubiese hecho ni en un millón de años, así me lo pidiera el mismo Dios; mi orgullo estaba por encima de todo.

Lo que no sabía era que estaba apenas comenzando a envolverme una realidad fantasmal, algo de no creer, así que comencé a mentirme y a no reaccionar ante la verdad. Llegué al límite de asumir mis mentiras y las de los demás, como un guion de fantasía, donde todos sabíamos que vivíamos una realidad paralela, pero ninguno se atrevía a escapar de ella por miedo a perder un todo que no existía.

Tal vez mi visitante en la clínica no lo sepa, pero esas verdades que quiere enterrar no terminan con la cremación de mi cuerpo ni con el fin de mi memoria.

Volví al colegio como se lo prometí a Sofía. La vi cambiada, no tenía sus gafas y vestía muy a la moda. Atrás había quedado la niña *nerd*, tímida y *hippie*; pasó de ser retraída y callada, a ser habladora, desafiante y orgullosa. Tal vez Kafka en su *Metamorfosis* la hubiese podido incluir y describir mejor, pero ese era solo el comienzo de lo que veía: su escafandra ocultaba mucho más de su dramática conversión. Una voz muy dentro de mí, esa a la que a veces no escuchas, me decía que algo no estaba bien y, aunque quise ahondar en el porqué del cambio, ella me juró que todo iba de maravilla.

—Estoy renovada y las cosas están súper —me dijo, de una manera muy segura—. Todo este tiempo que no has estado junto a mí lo he pasado con Jessica, Juli y Laura, haciendo compras, yendo a fiestas, ah, y el sábado me vi con Dani.

Quedé de una sola pieza cuando me soltó toda esa información. Lo decía con tanta alegría y orgullo que me costaba creer que saliera de la boca de esa misma persona que había sido tan crítica en sus comentarios acerca de con quienes andaba hoy en día. Es cierto que nunca tuvo ni la valentía ni la seguridad para decir nada de eso en público. Bueno, ahora que lo pienso, muy seguramente les tenía envidia y quería ser como ellas; esa es la cara oculta de la verdad: hablamos pestes de otras personas y de otras situaciones que decimos no querer tener en nuestras vidas, pero cuando nos tocan, las aceptamos como si fuesen parte integral de nuestro ser. Nunca aceptamos que envidiamos algo o a alguien. ¿Qué podemos esperar de nuestra existencia si vivimos realidades difuminadas que no nos permiten llegar a entendernos entre nosotros?

¿Qué tal? Me alejo de todos por dos semanas y cuando vuelvo, me encuentro con un panorama totalmente diferente. Bueno, el paisaje era el mismo, pero el ambiente había cambiado. Sentí que había algo que no cuadraba en todo eso. Le conté a mi mamá lo del cambio de Sofía y me dijo que muy posiblemente eran celos míos y, aunque traté de "comerme ese cuento", algo muy dentro de mí me decía que aquí nacían más problemas. Aquella niña que durante los últimos tres años había sido intimidada y a quienes sus acosadores, como *bullies* que se respeten, le habían creado un grupo en Facebook para humillarla y denigrarla a través de comentarios groseros y videos ridículos, cambió totalmente y se unió al enemigo.

Fui testigo de varios encuentros apasionados y lujuriosos con su primer amante. De vez en cuando nos reuníamos en alguna de las casas para "estudiar", pero Daniel tenía planes para Sofi y también para nosotras. Uno de los grandes problemas que teníamos siempre que queríamos tomar era que al llegar a casa, nuestros padres olieran el "tufo" que expedíamos.

Daniel, que antes de verme como la amenaza que represento en esta cama me veía como *hot chick* y como su amiga, nos enseñó algo llamado "tampón vodka": afortunadamente nunca lo hice. Quienes fueron más atrevidas lo pagaron caro, y terminaron visitando la sala de urgencias de un hospital y yendo a terapia con su ginecólogo para recuperarse de la irritación tan monstruosa que dicha práctica les causó. Eso sin mencionar a algunos tipos que perdieron el respeto por ellos mismos y que decidieron parquear ese tampón en su "patio trasero" con ayuda de un aplicador.

Sofía ya no tenía límites: tomaba, metía y tenía relaciones con su "novio" donde fuera; se salió de control, se descarriló por completo, y esa dualidad que tenemos los humanos emergió de lo profundo de su ser, dejándonos a todos como simples indisciplinados en comparación con ella. A pesar de su comportamiento, nos teníamos mucha confianza y hablábamos claro. Por un momento me sentí feliz, porque ya no me dividía entre dos grupos; me alegraba que fuese uno solo. Sin embargo, me hacía mucha falta poder estar con Chubby, pero mi orgullo podía más que toda esa soledad junta.

Sofía me contó que Bruno le confesaba que le gustaría besarme, y que a veces sentía celos de los otros manes que se me acercaban. Mirándome fijamente, y con esa ternura que la caracterizaba, sumada a una tranquilidad pasmosa, me dijo que Chubby no era para mí. Lo que necesitaba, según ella, era un hombre que realmente me hiciera sentir bien. Era la única que sabía que yo era virgen, y al parecer eso le molestaba. Me presionaba y me hacía insinuaciones para que me acostara con alguien. Todos pensaban y creían firmemente que ya no podía contar con los dedos de la mano la cantidad de tipos que me había "comido".

Mis fotos en Facebook eran insinuantes. Había descubierto mi sensualidad, al igual que muchas de mis amigas, quienes solían publicar fotos en bikini o con profundos escotes. Fotos con vestidos ceñidos al cuerpo llenaban los álbumes de mi perfil. Esa clase de cosas hacía que otros me catalogaran de perra, zorra y otra variedad de "animales" asociados a la promiscuidad, pero siempre fui romántica e inocente, y esperaba que aquel que se mereciera esa primera vez fuera un man que valiera la pena.

Debo confesar que Mario me atraía mucho, y pensé que tal vez pudiera tener algo con él, aunque no quería que Juliana pensara que lo hacía como venganza. De todas maneras, ellos nunca se volvieron a juntar. Por otro lado, los acercamientos que tuve con Chubby, a quien muchas veces le mandé la cara, no fueron fructíferos. Él nunca dio ese paso. Tantas veces dudé y pensé que tal vez lo que decían de él era cierto.

Unos meses después, cuando creía que el tema estaba olvidado, conocimos a David, un fotógrafo de veinticinco años que tenía un aspecto muy varonil. Se vestía muy bien, tenía camisas ajustadas al cuerpo, usaba gafas Ray-Ban estilo piloto, llevaba su pelo a medio rapar y barba de tres días. Tenía un tatuaje de un dragón en uno de sus brazos y trabajaba para la agencia de modelaje donde yo hacía mis prácticas. Desde luego, Sofía y Juliana, que no se me despegaban ni un minuto, me hacían comentarios sobre él: "Huy, ese man está como quiere, me pone a pasar saliva", decía Juliana; "Si me para bolas, le doy lo que me pida", replicaba Sofía de forma irónica, quien al conocer mi secreto trataba de ejercer más presión sobre mí. David fue muy amable con nosotras y nunca se mostró coqueto, su seriedad lo caracterizó siempre durante el trato con todas las niñas de la agencia, a diferencia de mis amigas, que se insinuaban demasiado, y todo el tiempo lo estaban morboseando y haciéndole comentarios de doble sentido.

Una noche, al abrir Facebook, encontré una petición de amistad de un tal "Baby Zamudio". La acepté solo porque tenía dos amigos en común, Dani y su amada novia. El tal "Baby" resulto ser David, con quien durante los dos meses siguientes nos escribimos, y en algún momento me dijo que quería mejorar las fotos de mi portafolio. Me gustó mucho la idea, así que en varias ocasiones le recordé que tenía un compromiso conmigo. Al comienzo me daba muchas excusas, decía que no tenía tiempo, que tendríamos que hacerlo un día en que no estuviera con tanto trabajo. Debo confesar que me atrajo su madurez, su caballerosidad, su seriedad y la forma en que me hacía sentir.

Sofía me presionaba constantemente para que me le insinuara y me acostara con él; siguiendo sus instrucciones y sintiéndome muy atraída por este hombre, empecé a hacerle comentarios en las fotos de su perfil. Creo que él comprendió el juego e hizo lo mismo con las mías. Intercambiamos mensajes en los cuales, tanto él como yo, nos preguntábamos por qué siendo tan atractivos no teníamos a alguien, una pareja o amigos con derechos. Solo un cometario suyo fue más allá: me dijo que había visto un video mío en el cual aparecía bailando y que lo hacía con mucha sensualidad. Mi respuesta fue más temeraria, pero aun así lo hice con ganas de llegar a más.

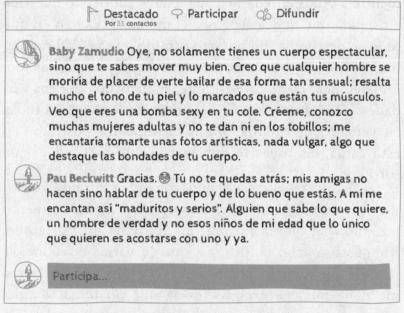

Un lunes festivo que estaba ensayando con las porristas del colegio recibí un mensaje que decía: "Estoy libre hoy, por si quieres una sesión privada para mejorar las fotos de tu catálogo". Me emocioné mucho y le contesté inmediatamente: "Si el señor fotógrafo lo considera, nos podemos encontrar ya". Me envió la dirección de su estudio y le pedí a mi conductor que me llevara; aunque él me insistió en que me esperaba fuera, me opuse y le pedí que volviera en unas cuatro horas. Eran las 11 de la mañana y mi corazón estaba agitado. David me gustaba mucho y yo pensaba que ese día nos cuadraríamos y que tendría un novio con quien valdría la pena compartir momentos hermosos.

No sé si la mentira es un disfraz que usa la verdad para no ser tan cruel con los castillos de cristal que soñamos, o si los sueños son verdades a medias que se tejen con mentiras y nos enredan en sus telares cubriendo nuestros ojos, para que nunca sepamos el momento exacto en que todo se derrumba. En nuestro camino a la verdad no hay retornos, no se puede enmendar lo que ya está dañado. En la clínica, Dani, mi visitante, se preocupa por sus verdades. ¡Qué iluso eres! Crees que mi muerte oculta todas las verdades de tu vida. Si mis mentiras me postraron en esta cama, las tuyas te doblegarán ante todo aquel que sufrió por ti.

Capítulo **4**

La metamorfosis

RECUERDO QUE CUANDO APRENDÍ A LEER Y ESCRIBIR, mi abuelito me regaló un diario en el cual podría escribir todos mis secretos. Era rosado, tenía una cinta alrededor y un candado del cual guardaba la llave con recelo. Cuando eres una niña inocente, crédula e ingenua, crees en todo lo que te dicen; cuando creces, todo aquello que te golpea borra cualquier rasgo de inocencia que queda en ti.

Cuando mi abuelo me regaló el diario, me dijo que era la mejor manera en que un ser humano puede plasmar sus vivencias y ser recordado por lo que los literatos llaman memorias. En ese diario escribí cosas que le pasan a una niña entre los seis y tal vez los ocho años. Quien lo lea esbozará una sonrisa de ternura y nostalgia. Sin embargo, al pasar el tiempo y por ser buena estudiante, el colegio me regaló un MacBook que se convirtió no solo en la herramienta para chatear con mis amigos hasta altas horas de la noche, sino en ese diario que guarda buenos momentos, algunos íntimos y otros sórdidos del comienzo de mi vida. La forma cambió, pero no el hábito.

Si hicieran una línea de tiempo con mis diarios para demostrar en lo que me convertí, no habría un momento específico de ruptura que hubiera retumbando en mi ser, un *snap* que indicara que la llave había abierto la cerradura donde se encontraba encerrado el monstruo que había en mí. Serían muchas las situaciones que fueron esculpiendo mi personalidad y la de todos los que me acompañaron en este viaje, todas ellas páginas construidas y consignadas de diferentes formas.

Estoy en caída libre en un abismo infinito de pesares, parece que no me iré de este mundo hasta que mi último suspiro marque el camino. No sé qué habrá del otro lado, no sé si podré seguir viendo cómo mi cuerpo deja de respirar a través de los tubos insertados en mi garganta y nariz; solo sé que ahora es más claro el porqué no debí juzgar nunca a las personas a mi alrededor.

Nunca fui lo que quise ser, sino lo que otros hicieron de mí, pero creo que todos caímos en esa tormenta de malas decisiones. Juliana, por ejemplo, fue criada por sus abuelos. Aunque vivían cómodamente, no tenían dinero suficiente para darle todos los lujos a los cuales se acostumbró, algo que siempre me llamó la atención, porque vestía ropa muy costosa y elegante, siempre andaba en buenos sitios y manejaba mucho dinero para una mujer de su edad. Escuché muchas versiones sobre su vida. Ahora que me doy cuenta, perder a tus padres a tan corta edad no debió ser nada fácil; vivir con tus abuelos y adoptar nuevas reglas después de ese trauma solo puede hacerte diferente.

Una noche, mientras cenábamos con mamá en el restaurante Tramonti, ubicado en La Calera, me dirigí a los baños y allí estaba Juliana, con un señor de unos 55 años, medio calvo, canoso, barrigón y con gafas, pero eso sí, muy elegante. Cuando los vi, Juli se puso algo nerviosa e incómoda.

—Hola, ¿cómo vas? —le pregunté, sintiendo alegría de verla.

—Bien, ¿y tú? ¡Me alegra verte! —dijo con desespero, como quien quiere evitar la conversación.

—¿No me vas a presentar a tu amiga? —preguntó su acompañante. No me gustó su mirada, me pareció algo morbosa.

—Tío, te presento a Paula, Paula él es mi tío. Si me permites, estamos de afán. Gusto en verte, te llamo más tarde —dijo Juliana, tomándolo del brazo para irse.

Sin embargo, él se resistió un poco y la forzó a que esperara.

—Ah, tú eres la hija del embajador Beckwitt. Te vi en una reunión de la revista *Caras*. Eres modelo, ¿verdad? —Tenía una voz profunda y fingía una actitud "seductora".

Juli no esperó más y se lo llevó antes de que yo pudiese contestar.

Durante la cena le conté a mi madre lo sucedido y me pidió que me alejara de ella. En ese momento consideraba que todos mis amigos eran una mala influencia para mí, pero jamás seguí sus consejos, porque siempre pensé que tenía una personalidad fuerte a prueba de todo y que no me dejaba afectar o influenciar por nadie. ¡Qué lejos estaba de la realidad! Las madres a veces son desesperantes con sus opiniones, pero no dejo de pensar que si les hiciéramos caso, o por lo menos pusiéramos atención a sus advertencias, nos ahorraríamos muchos problemas.

Unos días después, enseñándole a Alberto a navegar por Internet, no podía creer lo que había encontrado. Alberto se había separado hacía algunos años y, aunque era muy serio, quería buscar a alguien que le hiciese compañía. Le busqué en varias páginas que ofrecen citas en línea y, cuando se inscribió en la página *maddieaddison.net,* esperábamos encontrar a alguien que se interesara en él. Creo que exageré un poco el perfil y mentí mucho: lo hice pasar por un hombre adinerado. Después de llenar los requisitos, al poco tiempo tenía tres mensajes que decían que lo habían agregado a favoritos. Él pidió privacidad para mirarlos, así que lo dejé solo, pero no pasaron ni cinco minutos cuando me llamó un poco alterado y nervioso, como si algo malo sucediera.

—Señorita Paula, tiene que ver esto —dijo.

—¡Tranquilo, Alberto, no exagere y cálmese que eso le hace daño! —dije, intentando no parecer angustiada.

Me mostró los perfiles de las mujeres que lo habían agregado como favorito. Una de ellas le había enviado un mensaje muy largo y le había dado acceso a algo que se llamaba "escaparate privado", donde los miembros tienen acceso a fotos. Cuál sería mi sorpresa al abrir la primera foto: encontré que la mujer en esa imagen bidimensional era mi gran amiga Juliana. En el título decía: "Dulce, cariñosa y complaciente". Me alteré mucho y le dije a Alberto que tenía que llevarme a donde estuviera Juli.

—Ella tiene que saber de alguna manera que alguien está usando sus fotografías —dije, con lágrimas de dolor e indignación en mis ojos.

Me dolía el daño que le pudiesen causar a su imagen y a la de sus abuelos, pero Alberto me sentó en la silla del estudio y en voz baja me dijo:

—Sé que es difícil creer que alguien cercano haga algo así, pero he visto tantas cosas en mi vida que me hacen entender de otra manera lo que sucede. Mire el mensaje. Es claro que es una mujer joven ofreciendo servicios sexuales a cambio, no solo de dinero, sino de lujos y viajes.

Nunca lo vi tan serio como esa tarde, así que le creí. Revisé todo el perfil de esa mujer y le envié algunos mensajes pretendiendo ser Alberto. Al pasar los días, se fue tomando confianza y me habló de cosas que solo Juli podía saber, aclarando así mis sospechas. Muchas veces me pregunté por qué alguien que lo tiene todo llegaba a ese extremo, a vender su cuerpo a cualquier postor sin medir las consecuencias. Quise creer que lo hacía por necesidad, pero la verdad es que sus abuelos le daban todo, tal vez no grandes lujos, pero le podían pagar su educación y algo más. Aunque quise entenderla, la juzgué y, sin dejarla defenderse, la empecé a considerar una "zorra" capaz de pisotear a los demás. Até cabos y así me pude enterar de que su "tío" no era tal, sino un ganadero que le daba todo lo que ella pidiera y que le mantenía los lujos. Era dueño de la casa en El Peñón donde Juli había hecho su fiesta de cumpleaños, y donde yo había perdido mis esperanzas y los sueños de esos ojos profundos y esos labios carnosos.

El inventario de martillazos que esculpieron el ser en el que me convertí empezaba a ser muy largo: salí desterrada hacia Inglaterra por un crimen que no cometí, mis padres me alejaron de su lado, perdí a mi mejor amiga, no pude evitar los intentos de suicidio de Andrea, vi cómo Sofía se convertía en *Mrs. Hyde*, Juliana alquilaba su dignidad por unos lujos y el hombre de mi vida no me robó mi primer beso. Todo eso me golpeó tanto que me deprimí de nuevo, me pinté el pelo de negro, me lo corté hasta los hombros, me uní más a Sofía y comencé a fumar marihuana. De vez en cuando me metía un *trip* con drogas más pesadas, tomaba cada vez que podía y fumaba desesperadamente. Dejé mi sueño del modelaje y arrojé por la borda todo lo que había ganado en mi vida. La relación con mis padres se volvió tortuosa, y en el colegio no me soportaban.

Todo lo que hacíamos lo grababa en video y después pasaba largas horas editando frente a mi compu sin tomar ni comer nada; todo lo guardaba en mi disco duro, lógicamente con clave. Allí llevaba mi diario, tanto escrito como en video. La idea era que mis padres no lo vieran. Si llegaran a tener acceso a los videos, no me reconocerían y abrirían la puerta a la tortura mental de ver a su hija autodestruirse y contar con sus palabras bañadas en lágrimas de dolor, cómo no solo le rompieron el corazón varias veces, sino cómo ella ayudó a despedazar vidas enteras, incluyendo la suya. Allí encontrarían lo que verdaderamente provocó mi cambio total, un momento tan siniestro que, el solo hecho de ponerse en los zapatos del que lo sufrió, da escalofríos. Recuerdo ese momento tan vívidamente que quisiera poder borrarlo de mi existencia.

A las once de la mañana entré al estudio de David, que me encantaba, no solo físicamente, sino en todos los aspectos. Muchas noches soñé con verlo a mi lado; era como ese ser con el que quería pasar muchos años. Me encantaba verlo reír, me enternecía con su mirada y creía que a su lado ya no recordaría más a Chubby.

Cuando llegué al estudio principal, vi que tenía todo preparado: luces, ventiladores, vestuario, maquillaje y cámaras. Me dijo muy serio que me alistara. Aproveché que estaba con el vestuario de porrista, me maquillé y hacia el mediodía comenzamos la sesión. Me vestí de diferentes formas, me hice varios peinados muy fáciles y usamos muchas veces el ventilador cuando me dejaba el pelo suelto; la verdad me veía mayor y muy sexy. David me exigía que cambiara cada una de mis poses para así lograr mejores fotos. En una de esas exigencias, se acercó y me movió la cara para que pudiese buscar el ángulo perfecto. En ese momento me tomó de la cintura y me indicó que me moviera hacia el lado derecho; me dio un escalofrío al sentir su respiración tan cerca. Después me dijo que me notaba tensa, que me relajara. Me hizo un pequeño masaje en los hombros. Realmente lo sentí muy bien, como muchas de las cosas que sucedieron a continuación.

Se acercó más y más, y de repente estaba a un milímetro de mis labios. Cerré los ojos, me empezó a besar y nos dejamos llevar. En un pestañeo estábamos encima de una colchoneta, sus manos volaban acariciando mi cuerpo; era la primera vez que sentía todas esas sensaciones juntas. Por momentos me besaba el cuello e iba bajando hasta tratar de buscar mis senos, pero no le permitía ir más allá. Se me abalanzaba encima y siempre buscaba separarme las piernas. Solo un momento lo dejé y sentí su masculinidad en toda su dimensión; ese hombre maravilloso y caballeroso había perdido su cortesía y ahora pasaba a ser manejado por su instinto más básico.

Después de varios minutos de besarnos apasionadamente, él trató de quitarme la ropa interior en repetidas ocasiones. Aunque me sentí bien con sus caricias y sus besos, y también lo deseaba, no estaba preparada para acceder a sus peticiones. Le dije que quería que fuese de otra manera, que debíamos esperar. Él insistió y me suplicó muchas veces y, a medida que lo decía, no esgrimía ningún argumento descabellado para tratar de convencerme. Paso a paso fue subiendo la temperatura, pero mi idea de entregarme a alguien era muy romántica, y quería que fuera en el momento justo. Ese momento todavía no había llegado para mí.

Cuando intenté parar las cosas, David se puso violento, me trató mal y su mirada cambió: se volvió siniestra, oscura. Me sujetó con fuerza. Recuerdo haber gritado mucho que no, recuerdo haber golpeado y manoteado. Las lágrimas nublaron mi visión, luché con todas mis fuerzas, traté de patearlo varias veces, en uno de esos forcejeos me golpeé la cabeza tan fuerte contra el borde de un muro que quedé aturdida, y fue allí cuando vi por primera vez ese cielorraso, esas lámparas de neón encarceladas. Después me ausenté; mentalmente ya no estaba ahí, me fui lo más lejos posible. De repente, un dolor desgarrador me devolvió a la realidad y allí, en ese inmenso frío, solo sentí cómo su cuerpo estrujaba el mío, pude escuchar cómo su respiración se aceleraba. Fue una pesadilla ver mi reflejo semidesnudo en un espejo, reflejo de un momento que marcaría la muerte de mi inocencia; se marchitaba la flor de mi ingenuidad.

No recuerdo cómo ni cuándo se detuvo, solo recuerdo el dolor que desgarraba mi alma y superaba al corporal. Ese lobo vestido de cordero sació su hambre de placer y se marchó, dejándome como una de las miles de víctimas que sucumben ante personas que cometen este delito tan atroz. No sé cuánto tiempo pasó, pero él se había marchado de allí sin dejar huella alguna. Como pude me limpié, me vestí, y tomé un abrigo grande y negro que había en el clóset. Salí y comencé a deambular por la calle. Las lágrimas no me dejaban ver el camino, me sentía como un fantasma, un espectro. A diferencia de ahora, todo me pesaba, me sentía cansada y adolorida. Me toqué la cabeza y sentí una protuberancia a causa del golpe. Mis piernas temblaban y me quería morir, así que me senté en un paradero de bus a esperar un mal designio.

No sé si fue suerte o casualidad, solo sé que de no haberme detenido allí, no me habrían encontrado. No tengo presente el momento exacto, ni lo que pasó, pero Sofía salía de cine con un amigo, y ambos me recogieron y me llevaron a la casa de Juliana. No les dije nada de lo que había pasado, pero era evidente que no era nada bueno. Estuve en la ducha unas tres horas, hasta que Juli entró por mí y entonces me derrumbé. Muy tarde en la noche me llevaron a mi casa. Allí estaba Alberto totalmente desesperado y angustiado. Le grité y le ordené que se marchara; no quise verlo durante varios días. Había gritado su nombre tantas veces que, como nunca apareció, lo culpé de lo sucedido.

Creo que dormí muchas horas durante unas dos semanas y me bañé "seiscientas veces" porque quería borrar su aroma, sus caricias. Todo me resultaba repulsivo. Sofía me pasó una píldora del día después para que me la tomara. Solo me faltaba que de una situación así quedara en embarazo. Mi madre me preguntaba que si estaba así porque Chubby no me llamaba y yo le decía que sí, solo para evitar sus preguntas. Me entristecí mucho cuando mi padre intentó abrazarme, y con un golpe en las costillas lo alejé. Le dije que no me tocara. Vi su rostro confuso y melancólico, y a día de hoy no me perdono por haberlo hecho sentir así. Finalmente, después de tres semanas, Sofía y Juliana me visitaron. Trataron de sacarme del trance en el que estaba, y lo que lograron fue que hiciéramos una terapia de grupo.

—¡No entiendo qué quieren ustedes de mí! ¡Estoy así por culpa de las dos, que me empujaron a los brazos de un violador! ¡Estoy destruida, arruinada, no creo poder seguir con esto! —les dije llorando.

—Queremos que sigas adelante con tu vida, no ganamos nada con hacer un superdrama. Tendrías que ir a juicio, a medicina legal, y por la posición de tu papá saldría en los periódicos. Sabemos que no es nada fácil, pero estamos aquí para apoyarte y decirte que puedes contar con nosotras —contestó Sofía, apoyando su mano en mi muslo.

Me levanté de la silla en la que estaba y las miré con el odio más grande que podía expresar mi ser.

—¡Escúchenme bien, par de zorras, no quiero contar con ustedes! ¿Quiénes se han creído para venir y darme consejos o apoyarme? Sofía, usted se convirtió en una ninfómana y promiscua que no piensa en otra cosa, y usted, Juliana, ni siquiera tiene moral para venir a decirme cuánto lo siento. ¡No quiero la lástima de una "prepago" que se acuesta con ancianos para presumir de botas y de la ropa que se compra! —Estaba por terminar mi discurso, cuando una bofetada interrumpió el mar de palabras que escupía mi boca.

Juliana, sin mediar una sílaba, se levantó y me golpeó con toda la fuerza de su corazón.

—¡No eres nadie para venir a juzgar! ¡Eres una niña consentida que no sabe qué es el sufrimiento y que no tiene ni idea de lo que dice! Sí, tengo que admitir que me acuesto por dinero, y puedes llamarme como quieras, pero lo que hago no me enorgullece para nada. ¿Crees que disfruto de que un viejo seboso me toque y me haga hacer cosas asquerosas? No tengo que justificarme ante ti, pero para tu información, esta "prepago", como tú me llamas, tuvo que prostituirse para pagarle un tratamiento a su abuelita y no dejarla morir por falta de recursos. Hace año y medio le descubrieron un cáncer, y ella prefirió pagarme el colegio, el celular y todos mis caprichos en vez de comprar los medicamentos necesarios para su mejoría. Cuando la confronté, me dijo que ella ya había vivido lo suficiente y que yo tenía toda una vida por delante… Ah, y una cosa más, aquellos que me pagan me regalan cosas porque hago lo que sus esposas no: ¡escucharlos!

Ambas se pararon frente a mí. No entendía lo que sucedía, pensé en lo injustas que eran conmigo al decirme esas cosas. Sé que siempre fui egoísta y quise que todo se tratara sobre mí; quería que me consolaran, que me hicieran olvidar la pesadilla que me acompañaba. Traté de salir del cuarto y evitarme el drama de esas viejas, pero Sofía se me atravesó y me dijo con vehemencia:

—¡Ahora es mi turno de confesarme! ¿Crees que eres la única a la que le pasó algo así? Al menos te acuerdas de quién te hizo esto, puedes demandarlo, perseguirlo, matarlo, castrarlo o casarte con él si se te da la gana. En cambio yo… Mientras tú descansabas plácidamente, en la fiesta de Juli, dos tipos me convencieron de meterme una pepa, me llevaron a una casa y… Solo recuerdo sus sombras y el dolor de mi cuerpo. No tenía voluntad, no podía gritar, estaba atrapada en mi mente, anestesiada… Podía sentir todo lo que me hacían. Cuando pensé que acababa el horror, llegó la segunda función y ya no pude recordar más. La prima de un amigo es ginecóloga; ella me revisó y me dio una pastilla del día después. Comencé a tener relaciones con Dani solo porque pensé que así se borrarían las sombras, pero no duermo en la noche, no puedo cerrar los ojos sin verlos. Tú no entiendes que lo provocaste: fuiste hasta allá vestida de *cheerleader*, te dejaste tocar y, cuando ya estaban a punto, te asustaste y quisiste salir corriendo: otro juguete de Paula Beckwitt. No eres el centro del universo, ¡entiéndelo!

Por primera vez sentí que ambas estaban siendo completamente honestas conmigo. Las dos abrieron su corazón y me revelaron sus secretos más ocultos. Me quedé perpleja mientras ambas hablaban de todos sus problemas; era como si me escuchara a mí misma. Al comienzo me costó ver esa realidad, pero después lo entendí: fue un alivio saber que no era la única que tenía esa clase de inconvenientes. En un instante pasé de un odio visceral a un sentimiento un poco más comprensivo y difícil de describir; era como si al saber que ellas tenían problemas igual de graves a los míos me sintiera tranquila.

Después de una semana de confesiones, lágrimas y perdones, decidimos hacer un pacto entre las tres: nadie, por más importante que llegase a ser en nuestras vidas, volvería a vulnerarnos de esa manera. ¡Ahora éramos las tres contra el mundo! Sonaba ilusorio, utópico y casi imposible de lograr, pero solo nos teníamos a nosotras, y en ese momento era lo único que importaba. Nunca acudimos a psicólogos, profesores, ni mucho menos a nuestros padres. ¿Por qué será que los adolescentes creemos que podemos solucionar las cosas más fácilmente que los adultos? Nos equivocamos al no acudir a ese adulto al que le tenemos confianza y al no abrirnos sin temor. En su lugar decidimos hacer todo lo contrario y nadar contra la corriente.

En fin, terminamos siendo víctimas de las decisiones que tomamos.

Me costó mucho hacer a un lado lo que me sucedió. Me alejé por completo de Chubby y de todo lo que él representaba. Mi transformación no solo fue exterior: también alguien me dejó vacía por dentro. Las fiestas a las que íbamos eran mucho más pesadas y los amigos con los que andábamos eran más grandes, pero no pude volver a confiar en ningún hombre.

Las tres éramos seres imbatibles que hacían la vida de otros miserable. Nos carcomía el fantasma del resentimiento y queríamos venganza, pero no sabíamos de quién vengarnos. David desapareció de mi vida; al parecer lo que hizo conmigo, lo hizo con varias. Lo último que supe fue que estaba fuera del país.

Juliana siguió con su "negocio", y Sofía cada vez era más cruel. Yo simplemente las patrocinaba y les celebraba cada cosa que quisieran hacer: burlarse de otros, publicar fotos y hacer malos comentarios sobre las personas que aparecían allí; amedrentar, amenazar y todo lo que pudiese hacer que la vida de otros no fuera normal. Creamos perfiles falsos en Facebook y convencimos a varias y a varios de enviarnos fotos en ropa interior; solo los más ingenuos caían. Después, con esos perfiles falsos, nos hacíamos amigos de gente del colegio y enviábamos las fotos etiquetando a esos personajes. Estaba en un mundo fuera de control. Nunca pensé en lo miserables que se podían sentir; en ese momento me había dejado de importar todo y creía que no era importante para nadie más.

Un día, mientras estaba actualizando mi diario, me llegó un mensaje de Chubby y, aunque lo ignoré al comienzo, algo en mí me decía que debía leerlo. Así lo hice y, en ese momento, todo lo que habían quitado de mi ser quiso volver:

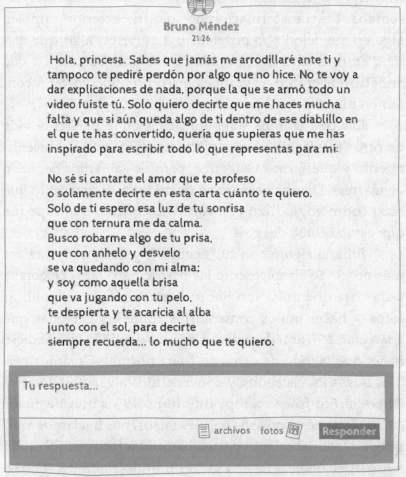

Bruno Méndez
21:26

Hola, princesa. Sabes que jamás me arrodillaré ante ti y tampoco te pediré perdón por algo que no hice. No te voy a dar explicaciones de nada, porque la que se armó todo un video fuiste tú. Solo quiero decirte que me haces mucha falta y que si aún queda algo de ti dentro de ese diablillo en el que te has convertido, quería que supieras que me has inspirado para escribir todo lo que representas para mí:

No sé si cantarte el amor que te profeso
o solamente decirte en esta carta cuánto te quiero.
Solo de ti espero esa luz de tu sonrisa
que con ternura me da calma.
Busco robarme algo de tu prisa,
que con anhelo y desvelo
se va quedando con mi alma;
y soy como aquella brisa
que va jugando con tu pelo,
te despierta y te acaricia al alba
junto con el sol, para decirte
siempre recuerda... lo mucho que te quiero.

Tu respuesta...

☰ archivos   fotos 🖼   Responder

No pude contener mi llanto. Sentí un nudo en la garganta y una rabia intensa contra mí misma. Odié a Chubby por un momento, pero después me di cuenta de todo lo que yo significaba para él y, a su vez, de todo lo que él significaba para mí. Lamentablemente, el daño ya estaba hecho, y no podía volver a ser el espectro que era antes. Me dolería si tuviera que volver a perderlo.

Estuve meditando casi toda la noche y a las dos de la mañana decidí ir hasta la casa de Bruno. Estaba lloviendo durísimo y hacía un frío de los mil demonios. Iba dispuesta a decirle todo lo que sentía, a pedirle que me perdonara: era mi misión. Mientras conducía hacia allá, pensé en cómo sería nuestro encuentro. Me imaginé que nos besaríamos, que nos diríamos cuánto nos amábamos y que él me invitaría a seguir. Me daría algo con qué secarme y después me pediría que entrara a su cuarto sin que nadie en su casa se diera cuenta. Tal vez nos acostaríamos en su cama y yo imaginaría que era la primera vez que estaba con un hombre, no cualquier hombre: el primer amor de mi vida.

"Ridícula, estúpida, ¿quién te crees para hacer eso? Ya destruiste tu vida, ¿y ahora quieres acabar con la única persona importante que cree en ti?", me dije, mientras esperaba fuera del conjunto donde vivía Chubby. Decidí devolverme a la casa y guardé su *mail* como el más preciado recuerdo. Vi nuestras fotos y las almacené en una carpeta especial.

Aunque él prometió jamás arrodillarse ante mí, puse a prueba su orgullo, y al menos logré que se doblegara un poco. Lo vi varias veces en el colegio y no dejé que se acercara ni le di la oportunidad de hablarme. Hice de todo para que me olvidara: lo traté muy mal frente a otras personas y lo alejé por completo de mi vida. Me quedé con el calor de sus caricias y el brillo de sus ojos, y seguí en mi carrera desenfrenada hacia mi fin.

Jessica, que a pesar de estar muy unida a Juli no sabía nada de las tres y de nuestro pacto, o al menos eso creíamos, comenzó a convertirse en mi confesora personal. Ella era la que considerábamos más centrada y lúcida, puesto que todas las demás andábamos metidas en drogas y no teníamos la capacidad de análisis para algo que no fuera ir a la casa de Laura para hacer todo lo que quisiéramos. Allí empezábamos a "calentar motores" y planeábamos todo lo que sucedería cada noche. Después de estar ahí, nos íbamos a Carulla de la 85 con 15; en esa plazoleta esperábamos tomándonos algo y fumando, hasta que alguien llegaba a invitarnos a una fiesta, la cual siempre terminaba en pelea con los mismos protagonistas: Daniel y Mario. Este último le fracturó el tabique a un cristiano, que lo único que hizo fue pedirle que se moviera para poder entrar al baño. Como era de esperarse, su padre, el honorable senador, lo sacaba de los problemas, moviendo sus influencias. Por otra parte, Daniel, siguiendo la filosofía de violencia que abrigaba a nuestro grupo, le fracturó el cráneo con una manopla a un tipo de unos dieciocho años que cometió el gran "pecado" de bailar con Sofía. Estuvo en coma durante veinte días, y la familia de Daniel tuvo que llegar a un acuerdo económico con la familia del pobre "pecador".

Eran las dos de la mañana de un sábado. Nos estábamos divirtiendo, como todos los fines de semana, pero esa noche Sofía actuaba de manera inentendible; se le metió que Daniel le estaba poniendo los cachos con todas las viejas que veía. Como en cualquier tragedia griega, trató de hacerle sentir celos y lo logró, convirtiéndose así en la gran Helena de Troya del momento.

El manto de los celos convirtió en una víctima indefensa de los caprichos de una mujer sin escrúpulos a Gabriel Lozano, más conocido como Pity, quien además de ser muy atractivo, era muy inteligente; había sido aceptado en la Escuela de Negocios de Harvard y se estaba despidiendo de sus amigos. Sofía lo sacó a bailar varias veces y en la última lo arrinconó en un espacio cerca de la escalera. Su baile, un poco atrevido, parecía la danza erótica de la muerte. Daniel, enfurecido y sin mediar palabra, atravesó la multitud y arremetió contra él. Se golpearon fuertemente, rompiendo varios cuadros y la decoración del sitio en el que estábamos. Salieron a la calle con la complicidad bullosa de una multitud que los alentaba.

Dani se sentía muy seguro, porque todos sus amigos estaban ahí para protegerlo. Él lanzaba toda clase de golpes y patadas que no afectaban a su contrincante y, por el contrario, empezó a recibir una respuesta que lo dejaba mal ante su fanaticada. Cuando Pity lo tenía casi vencido, un golpe seco frenó en su frente y emitió un sonido como el de una botella de plástico que se arruga. Aunque todos presenciamos semejante salvajada, nunca nadie pensó que fuera a ser tan delicado como llegó a ser: trauma craneoencefálico y fractura craneal. Medio milímetro más y Pity se hubiera muerto al instante. Sin embargo, estuvo cerca de irse de paseo con la muerte, y su estado fue cubierto por toda la prensa del país. Sus padres denunciaron a Dani y, aunque casi lograron llevarlo a juicio, misteriosamente las cosas se le arreglaron, porque aparecieron una serie de testigos en contra de Pity. En este país muchas cosas se arreglan a las malas…

Nada qué hacer, muchos padres son capaces de acabar con toda la dignidad de una nación con tal de ocultar las fechorías de sus hijos. Cuando le preguntamos a Sofi cómo se sentía después de lo que había pasado, nos contestó que nada de eso era su culpa, que ella no le pedía a la gente que actuara de cierta manera y que por el momento se sentía muy satisfecha, porque un hombre al fin demostraba que ella significaba algo para él.

Esa noche asumimos nuestro pacto como una hermandad y solidificamos nuestra unión, cuando mantuvimos silencio durante los interrogatorios a los que nos sometieron. Estas tres mosqueteras nunca se dieron por vencidas. No obstante lo fuertes que éramos juntas, con el tiempo y con el viento en contra, empezamos a sucumbir ante nuestros pecados y vendimos nuestras almas sin darnos cuenta de que seríamos la generación perdida.

Capítulo 5

Pecados silentes

—SI AÚN ESTÁS AHÍ Y PUEDES ESCUCHARME, quiero que sepas que siempre te he admirado por tu carácter, por la lealtad que has demostrado durante este tiempo... Me preocupa mucho que con tu muerte se revelen ciertos datos que nos puedan "matar" en vida. En estos momentos los muchachos están tratando de enterrar tu memoria.

¿Por qué tu voz me suena a papel arrugado? Tu rostro se esconde tras las sombras del "pecado" y no logro reconocerte por ningún medio. Tal vez eras como yo hace unos años y solo te transformaste para esconder tu dolor, tus frustraciones y tus sueños.

Cobardes, eso es lo que hemos sido durante este tiempo. Nos hemos ocultado detrás de máscaras y cuerpos que no quieren tener contacto con la realidad. Si me quieres matar, ¡haz fila!, pero para tu información, no he muerto y te puedo escuchar; mi cuerpo no puede responder a ninguno de tus estímulos. No sé si soy un espectro que captura ondas de sonido y las transforma en palabras, o si soy la espectadora de mi propia muerte. Solo sé que fuimos los arquitectos de nuestra propia obra. Tal vez esté en esta cama porque mi organismo no resistió los embates de esta vida, pero tú y cada uno de mis visitantes no podrán huir de su pasado ni de los pecados que cometimos en un silencio cómplice. La vida, Dios o quien sea nos juzgarán por lo que hicimos, pero también por lo que dejamos de hacer. No es un secreto que lo nuestro fue un tren descarrilado de emociones, permitido por una sociedad indiferente, unos padres permisivos y una educación que experimenta con nosotros a cada momento.

El colegio se comenzó a cansar de nuestro comportamiento y de nuestras prolongadas ausencias. Reunieron a nuestros padres para advertirles sobre ciertas conductas extrañas y para decirles que no tolerarían una falta más al manual de convivencia; no querían saber de nuestros problemas en casa o sobre nuestros conflictos internos. Todo lo que nos aquejaba era abrumador y sobrepasaba los límites de la cordura. Muchas veces tuve miedo de volver a ser víctima de mi ritual para "lavar" el dolor. Ese mismo miedo nos llevó a todos a callar aquellos atropellos que cometimos. Sin embargo, ese sentimiento de saber que algo está mal, pero no atreverse a decir nada por temor a las represalias, me condujo a alimentar mi diario con situaciones funestas. Grabé muchos videos con mi celular, escribí en detalle lo que sucedía con nosotros, describí las anomalías con nombres propios, fechas y horas, como quien hace una investigación.

Ya no recuerdo algunos sentimientos de esperanza que abrigaba. Tantas noches en las que de niña soñé con un gran grupo de amigas, cómplices de juegos inocentes, quedaron en el olvido. La pureza de esa pequeña que se sentaba en las piernas del abuelo a escuchar atentamente sus cuentos había desaparecido por completo de mi ser, y era reemplazada por frustraciones, tristezas, desengaños, falsedades y temores. No sé en qué momento se unió todo ese índice de maldad que nos cobijó. Traté de advertir la amenaza de perderme entre la oscuridad de mis pensamientos y escapar a la luz de mi bondad. No obstante, las garras de una sociedad maligna me atraparon, sin dejarme otra opción que ser su fiel esclava.

Veo desde un palco de honor mi cuerpo arrojado en una cama. Me encuentro esposada a la sala de espera de la muerte, mientras mis enemigos desfilan ante mí para asegurarse de que ya nada perturbe sus vidas. Siempre escuché que cuando estás cerca de partir, todo pasa frente a ti, aunque nunca te dicen que esos momentos involucran una especie de tortura y humillación, en la cual sientes todo el dolor, sin que puedas hacer nada para evitarlo.

El tiempo fue mi amigo cuando las cosas marcharon bien, pero se tornó en mi contra cuando traté de ganar segundos y minutos para evitar el inminente choque al que nos dirigíamos. Mi mente fue consumida por una nube de humo y un coctel de barbitúricos que no me dejaron reaccionar, y mi cuerpo aún era víctima de la falta de alimento y de todas las píldoras que consumía para mantenerme despierta y bajar de peso. Ese mismo tiempo que me faltó para enmendar los errores, también me enseñó a compartir con todas estas personas y a entenderlas sin juzgarlas, por eso mi silencio fue fiel durante un tiempo, hasta que las cosas se comenzaron a salir de control.

No fue sino hasta el momento en el que organicé mi diario que me di cuenta de la realidad de las cosas. Una de esas tantas noches en que me confesaba y bajaba videos y fotos de mi celular y mi cámara, entendí que ya no era divertido lo que hacíamos. Encontré un archivo nefasto y dañino para cualquier persona cuerda: Juliana tomó unas fotos con mi cámara; lo hizo mientras trabajaba con uno de sus "patrocinadores", quien resultó ser un político importante. En ellas aparecía el señor amarrado en una posición humillante para un hombre, y a su lado una mujer tipo dominatriz, enmascarada y con un látigo. Ella se aseguró de que la cara reconocida de este señor saliera en primer plano. Su idea era obtener un "bono extra", y de esta manera poder retirarse, poder jubilarse antes de tiempo. Creo que el tipo accedió porque pensó que era un juego inocente, pero no se dio cuenta de la trampa en la que estaba cayendo.

Mi querida amiga había perdido los pocos escrúpulos que tenía y empezaba a cometer uno de los más graves delitos: toda esa información terminó formando parte de las páginas digitales de ese diario. Ahora este rostro sin nombre que me visita quiere destruirlo, arrasando a su paso con la poca reputación que me queda. Debí saber que, aunque guardara silencio y lealtad con ellos, tal vez, y solo tal vez, ellos no lo harían conmigo. Mis secretos eran los suyos y los suyos, los míos, pero si alguien se metía en líos no tendría quien lo ayudara.

Nuestro pasado nos alcanzaba y todo ese karma quería venganza. Antes éramos fuertes, pero poco a poco la hermandad se fue rompiendo. Las tres mosqueteras, aunque de palabra no confesábamos los secretos más ocultos de nuestras vidas, sí insinuábamos algunas cosas. Haríamos todo lo que estuviera a nuestro alcance para protegernos de otras personas; eso también nos incluía a nosotras mismas. Creo que todas tomamos medidas para evitar daños y, aunque nos jurábamos "amor eterno", siempre pensamos en que cualquiera podría "vendernos" como si nada, solo por salvarse.

En silencio fuimos agotando la poca integridad que nos quedaba y fuimos presa fácil del dominio que ejercía esa fuerza oscura que se posaba dentro de nosotros. El resentimiento y la ira nunca me dejaron ver con claridad; igual que ahora, no puedo reconocer ni el rostro ni la voz de quien me habla. Cuando estaba completamente lúcida no fui capaz de escuchar los consejos de Becka, las advertencias de mi madre y mucho menos las palabras de Chubby. Solo creí que cada vez que callara estaría mejor, que cada vez que mi silencio aparecía y me enconchaba como una tortuga en su caparazón, me hacía menos vulnerable. Lejos estaba de saber que poco a poco cavaba la fosa en la que caeríamos, mientras nuestras fechorías tomaban vuelo.

Los rumores sobre los pasos en los que andaba Juliana empezaban a invadir todos los sitios que frecuentábamos, y se decía que estaba recibiendo comisiones por reclutar niñas para hacer lo mismo. Creo que ahí se empezó a filtrar la información. Cada vez teníamos más enemigos y la gente decía que todas andábamos en lo mismo.

Cuando pensé que podía tomar una acción legal contra David, Jessica me hizo reflexionar y darme cuenta de que ningún juez me creería si se llegaba a saber todo lo que había hecho hasta el momento, y si se descubriera en lo que andaba Juliana. Jessica se había enterado de lo de Juli antes que nosotras, y para variar, una noche en la que el alcohol me forzó, le conté lo de David. Sabía que tenía temple para manejar situaciones críticas sin pestañear, por eso me sentía confiada cuando me aconsejaba, y hacía lo que ella me indicaba. Así fue como dejé escapar a David y tomé otras decisiones, basándome en su criterio y no en el mío.

Mi padre siempre me dijo que aquel que callaba lo que estaba mal, era tan cómplice como el que cometía el hecho. Soy más culpable de todo lo que mis amigos hicieron que ellos mismos. Tal vez si les hubiese hecho algún comentario o si solo me hubiese interpuesto entre ellos y sus víctimas, nuestras víctimas, las cosas serían distintas. No entiendo por qué debemos mantener ese código de silencio. Su costo puede ser muy alto, y de paso destruir todo lo que hayamos construido hasta el momento; todo por lo que hemos luchado se cae a pedazos cuando no tenemos la valentía de pararnos al frente para decir lo que está mal. Cuántas veces fui animadora de todas las barbaridades que otros hacían, y cuántas veces más no moví un solo dedo para detener golpizas o ataques verbales. Solo sacaba mi celular y filmaba o tomaba fotos para mi diario. Ese registro y observador silencioso hoy reposa en mi portátil, esperando ser destruido por sus enemigos. No sé de qué trucos se valgan para sacarlo de mi casa, ni cómo van a explicarles a mis padres su desaparición.

—Te tengo una gran noticia. Tu pequeño diario de mentiras lo tenemos en nuestras manos para enterrarlo cuando lamentablemente te hayas ido. Tu mamá se lo pasó inocentemente a Juli, pensando que hacía algo bueno, como siempre. Ya sé de dónde viene tu ingenuidad. Por otra parte, te cuento que hablé con el doctor que te atiende. Dice que si hay un milagro y te levantas de ahí, perderás algunas de tus facultades y quedarás como un brócoli. Lamento que las cosas hubieran llegado hasta este punto, pero ya soy mayor de edad y de ninguna manera quiero ir a la cárcel por las pendejadas que cometimos cuando éramos adolescentes. No tengo remordimientos porque, aunque me caías bien, no eras mi gran amiga. Igual siempre me fastidiaste al creer que nos hacías un favor —susurró mi amiga sin rostro.

Creo que esta vieja ha visto muchas novelas mexicanas y se cree de verdad muy mala. Gracias, *Mrs. Hyde*, ahora sí que estoy convencida de que lo peor que pude haber hecho en mi vida fue abrirte las puertas de mi casa y dejarte entrar a mi vida.

—Me confirman, mi querida amiga, que ya tu diario está en manos seguras. Al parecer, a la información del disco duro le entró un virus y la borró totalmente.

¿Qué es esto? De repente todo se nubla, escucho los *bips* de las máquinas de esta clínica cada vez más fuertes. Se acelera el tiempo y siento como si me estuviera partiendo en dos. Esta montaña rusa de sentimientos me deja sin un punto de retorno. ¡Mi cara! Veo mi cara y cerca de mi ojo derecho veo algo que brilla. Realmente se ve brillante desde aquí… No sé si sea una reacción de mi cuerpo a todos estos estímulos que recibe, o si es algo involuntario, pero una lágrima se desliza por mi rostro, evidencia de que aún queda algo de humanidad en mí. ¡Ya sé! Mi preocupación por lo que pueda pasarles a mis padres; los arrastré con mis acciones y los hice víctimas de mis pecados. Qué alcances los que hemos tenido. No nos importa la gente a nuestro alrededor, nuestro egoísmo nos nubló todo el sentido del ser y quedamos a merced de nuestro resentimiento. Se volvió una bola de nieve que enredó a todos los que quisieron lo mejor para nosotros.

Se encienden las alarmas de la habitación, señal de un nuevo ataque en mi cabeza, al parecer un nuevo derrame. Médicos y enfermeras entran y veo cómo mi amiga sin rostro escapa ante mi muestra de ternura. Su maldad no puede soportar que mi cuerpo de una u otra forma se exprese ante el temor de perderlo todo. No solamente es mi vida la que se puede terminar, sino la de aquellos seres que me trajeron a este mundo, esos que aunque lejanos, siempre me refugiaron en sus brazos, y que hoy corren el riesgo de sufrir las consecuencias de mis actos.

Toda la inteligencia, los estudios y el dinero e influencias de mis padres no lograron evitar que mis decisiones los llevaran hasta este punto. Mis dos amigas se convirtieron en la compañía silenciosa que necesitaba para seguir destruyendo lo que quedaba de mi vida; ninguna me advirtió nada, o tal vez sí, pero no me di cuenta. Ni el amor que sentí por Bruno, ni la voz de Becka en mi cabeza, me hicieron reflexionar sobre lo que sucedía con nosotros todo el tiempo. ¿Qué culpa tenían esas personas, víctimas inocentes de mis frustraciones? No solo mi ira, sino nuestra incapacidad de razonar, desataron una marejada de eventos desafortunados, que nos envolvió hasta acabar con nuestras vidas.

Si pudiera hablar con mi madre o avisarle de alguna manera que lo que hizo no es lo correcto, si tan solo pudiera levantarme de esta cama, correr a casa, devolver el tiempo y borrar todos esos capítulos amargos de mi vida. Si pudiera recuperar a Becka y pasar todo el tiempo que no tuve con Chubby… Creo que pedí mucho y nunca di nada para merecer un milagro.

No entiendo por qué diablos me dio por armar todo ese alboroto. ¿Por qué tenía que mostrarles los videos y las fotos? Debí ser mucho más discreta, cuidadosa y guardarme mis pensamientos, pero creo que es tarde para pensar en lo que pude hacer y no hice. Mi vida está tejida de una colcha de retazos en la que primero actué y luego me arrepentí. Estoy aquí, postrada en una cama, sin lograr ser escuchada. Lo sé: nunca fui escuchada cuando podía hablar y tenía todos mis sentidos. Mucho menos va a suceder eso ahora.

No entiendo por qué me sentí tan ignorada. Nunca pedí nada de lo que me pasó y tampoco tuve la intención de hacerlo, pero ya está hecho. Jamás pensé que Sofía pudiera hablarme de esa manera, y menos estando en la situación en la que me encuentro. ¿Cómo puede una persona que era tan bondadosa y dulce convertirse en alguien sin alma?

Sé a lo que ella se refiere, con no poder dormir después de algo tan traumático como una violación. Muchas veces tuve miedo de apagar las luces, porque cuando cerraba los ojos escuchaba pasos, voces, sentía caricias y, cuando ya me estaba durmiendo, escuchaba la respiración de un hombre cerca de mi oído: aceleraba y desaceleraba. Entonces hacía fuerza en mis piernas y las cerraba instintivamente. El miedo tiene color, olor y sabor. Emocionalmente me afectaba mucho. Sin embargo, nada de esto me deshumanizó como a ella.

Ahora que lo pienso, no me extraña tanto todo lo que me dice. De mis honorables visitantes, ninguno llegaría más lejos que ella con tal de proteger sus mentiras. ¡Quién lo creyera! Siempre hay un monstruo que duerme en cada ser humano. Lo único que hace falta para despertarlo es una de esas situaciones anómalas de nuestras vidas, un detonante, un momento que no podemos superar y contra el que no sabemos luchar. De este modo nos convertimos en seres despiadados, calculadores, fríos y desadaptados.

Mi humilde visitante no fue la excepción. Como todos, fue una bebé hermosa que arrancó suspiros en sus primeros años, creció con ingenuidad y con miedo a ser diferente, pero esa diferencia la marcó, abriéndole un abismo donde solo crecía el resentimiento. El solo hecho de no ser aceptada en los círculos populares le ocasionó un trastorno que se salió de sus manos. Callada y aislada durante muchos años, objeto de burla por parte de compañeros y profesores, era lógico que una persona de estas, cuando llegara a tener poder, podría desatar una furia de proporciones titánicas.

Fui ingenua al creer que aquellas niñas de mi edad que ya eran experimentadas; esas que piensan en las fiestas, en el trago, en los manes; esas cuyos cuerpos hablan y que son ruidosas; eran las más malvadas, y lo evidente se volvió invisible a mi vista. Esas a las que llaman "perras", "zorras", y *"bitches"*, únicamente se ufanan de lo que supuestamente hacen, pero son incapaces de hacer daño. Por lo menos no llegan al nivel maquiavélico de mi pequeña y amada Sofi.

Capítulo **6**

La generación perdida

EN CLASE DE SOCIALES, el profesor Gabriel Rosales, un autor reconocido en el país, nos llevaba por la vía del conocimiento, haciéndonos pensar y reflexionar sobre la responsabilidad que llevábamos en nuestros hombros. Hombres y mujeres de bien, líderes del mañana, que lograrían darle un cambio sustancial a un país lleno de desigualdad, y en el que la corrupción envuelve las almas de los hombres más bondadosos de nuestra nación.

—Ustedes son el futuro del país y la esperanza de la sociedad. No se engañen. De los que tienen acceso a una educación limitada, solo el uno por ciento logrará alcanzar puestos de poder, mientras que el ochenta y cinco por ciento de ustedes, por herencia, por medios o por encargo obtendrán tan anhelado premio. Son ustedes los llamados a corregir los errores de los líderes del presente.

Rosales hablaba con vehemencia y nos hacía sentir como los verdaderos elegidos. Una generación inigualable con la tecnología, la educación y los medios para lograr cambios sustanciales, no solo en nuestro hermoso país, sino en el mundo entero. Una generación que a la postre terminaría dejándose seducir por la corrupción y la villanería, frustrando no solo sus sueños, sino los de todos aquellos que perdieron la batalla contra ella.

Allí estábamos todas: mujeres hermosas e inteligentes, con todo lo que un ser humano necesita para triunfar, y sin embargo, creímos y dimos por sentado que ya habíamos alcanzado el éxito. Qué lejos estaba el discurso del profesor Rosales de ser aplicado por nosotras, aunque no niego que el tipo trató de convencernos de que su argumento era un hecho y de que lo único que debíamos hacer era empezar a planificar nuestras vidas. Sin embargo, en la mayoría de los casos, nuestros padres ya tenían la hoja de ruta para nosotros y pensaban en colegios, universidades, cursos y demás. Tal vez, por esa razón, nunca pudimos entender lo que realmente queríamos, y empezamos a vivir una vida que no nos pertenecía.

Juliana tenía mucho dinero. A su edad estaba ganándose al mes lo que sus abuelos no habían conseguido en toda una vida. Iba de compras, salía a donde quería y sus clientes le regalaban joyas, ropa y todo aquello que pidiera. Logró montar su página web para ofrecer sus servicios, pero así como llegó hasta ahí, también la alcanzaron los problemas.

En uno de los encuentros intercolegiados de Naciones Unidas conoció al primer hombre decente de su vida: Juan Nicolás Betancourt. Un man muy sencillo, con muy buena apariencia física, y sobre todo, honesto y con ganas de amar y ser amado. Juan Nicolás es muy inteligente, es un excelente escritor, juega golf y le gusta el cine independiente. Cuando se conocieron, ambos quedaron superflechados. Empezaron a llamarse, a escribirse y a verse cuando podían, ya que "el trabajo" de Juli le impedía tener ciertos momentos libres. Él no entendía por qué ella utilizaba dos celulares y siempre faltaba a las citas. Ella le explicaba que solo lo hacía porque al trabajar con su "tío", a veces tenían reuniones que le exigían a ella llevarle todos los datos de su "oficina".

Recuerdo que una noche, después de dos meses de salir, él le pidió que fuera a conocer a sus padres. Al comienzo ella se negó, pero la convencimos de que era lo mejor y de que debía arreglarse para esa ocasión.

—Olvídate del trabajo y vístete como una niña normal de tu edad —le sugerimos.

Así lo hizo. También me pidió que la acompañara porque, según ella, yo sabía hablar en público y podía llenar los silencios incómodos con algo inteligente.

Al día siguiente llegamos a una gran casa en las afueras de Bogotá, y nos recibió la mamá de Juan, que extrañamente me abrazó pensando que yo era Juli.

—Me dijeron que eras muy hermosa, pero se quedaron cortos. ¡Qué bueno conocerte! —dijo, con mucha ternura.

Después se disculpó y todos nos reímos. Juliana estaba muy nerviosa, al igual que Juan, solo que los nervios de él eran más de la ansiedad que produce el deseo de que todo salga bien, y los de ella salían a flote por todo lo que había que ocultar.

La tarde estaba dedicada al cumpleaños del abuelo de Juan, un eminente historiador y economista, que fue ministro en varios gobiernos, y que amaba profundamente a su nieto. Al sentarme al lado de aquel querido señor, recordé a mi abuelo, no solo por la edad, sino por la sabiduría y la tranquilidad. No sé si mi rostro proyectaba, como una sala de cine, todos mis problemas, o si con la edad uno aprende a leer entre líneas, lo cierto es que, en una amena charla, el señor me dijo que esa tristeza que llevaba arraigada en mi corazón podía abandonarme, si dejaba que mis sentimientos salieran.

—Mi niña hermosa, una de las facultades más grandes que puede tener un buen ser humano es saber expresar sus sentimientos. Quien lo logra, sabe cómo solucionar el noventa y nueve por ciento de sus problemas, y su vida siempre será la que ha soñado… Tú, ¿cómo quieres que sea tu vida? ¿Qué tan feliz quieres ser?

Mi sonrisa nerviosa brotó de un momento a otro, no supe qué decir ni cómo decirlo. Me sentí muy incómoda, como si ese viejito indefenso, sabio y tierno me hubiese hecho una propuesta indecente. La conversación se partió en dos gracias a un largo e incómodo silencio, rematado, eso sí, con un permiso para ir al baño. Mientras yo escapaba de mi tierno interrogador, Juli me miraba como quien pide ayuda. La mamá de Juan la tenía secuestrada y la llevaba para todo lado, presentándosela a cuanto amigo y pariente se le cruzaba.

—Mi mamá es muy intensa, pero está feliz porque le he contado maravillas de Juli. Quiero agradecerte por acompañarla; ella no hace sino hablarme de ti. Quiero que sepas que sé más de tu vida que de la suya —me comentó Juan, esbozándome una sonrisa y pasándome una cerveza.

—¿De mí? ¿Juli te habla de mí? Lo siento, ella siempre es una incógnita hasta para sí misma. Ha tenido una vida difícil y no le gusta hablar de eso. Sabes que perdió a sus padres desde muy pequeña y eso la atormenta —contesté, con voz nerviosa.

Sin saber qué más decir, me levanté y le pedí permiso para ir al baño. Cuando me estaba lavando las manos y ya estaba a punto de salir, no pude evitar escuchar una conversación que significaba una sola cosa... ¡problemas!

—¡Te estoy diciendo que esa niña es una prepago! Ella y otras niñas fueron a la despedida de soltero de Sebastián —decía un hombre de unos cuarenta años, que estaba acompañado por otro más joven.

—¿Estás seguro de que es ella? A lo mejor la estás confundiendo, y si le decimos a mi primo, se puede armar una hecatombe sin ningún tipo de necesidad —contestó el más joven.

—Hombre, eso te pasa por emborracharte y no acordarte de las cosas. La niña está desmaquillada y sin peluca, pero si miramos las fotos la vamos a reconocer. Además se hace llamar Paola. Aunque no estoy ciento por ciento seguro, sí creo que es la misma —respondió el hombre mayor, que después me vine a enterar de que era tío de Juan.

Esperé a que se movieran para poder salir, pero el timbre de mi celular me delató, y me vi forzada a dejar mi escondite. Los dos hombres se quedaron mirándome inmóviles. Caminé rápidamente para contarle a Juli, pero en el camino me encontré con Juan, que estaba con alguien más, alguien que al verlo detuvo mi corazón. Quedé petrificada sin saber qué decir o qué hacer. Tenía ojos grandes marrones, piel blanca y tersa, pelo un poco largo, labios carnosos, gafas oscuras sobre su pelo y una voz dulce que me hizo sonreír. Su forma de hablar y de mirarme me hicieron olvidar, no solo a qué iba, sino todo lo que me atormentaba. Por un instante el tiempo se detuvo y me sentí vulnerable, pero no en el sentido de ser atacada o de sufrir más. Se me secó la boca, me sudaron las manos y termine varias veces bajando la mirada.

—Te estábamos buscando. Quería presentarte a mi hermano mayor. Camilo, esta es la mujer de la que le hablé todo este tiempo —dijo Juan, con una sonrisa en su cara.

—Oiga hermano, usted sí es mentiroso. Perdón, pero me dijeron que eras extremadamente bonita... Se equivocaron: eres increíblemente hermosa; las palabras no te hacen justicia —dijo Camilo.

Al presentarse me dio un beso en la mejilla y el olor de su loción se quedó impregnado en mi nariz. Era evidente que me encantaba, y se notó la química entre los dos. Era algo que no veía venir; después de todo lo que me pasó, pensé que jamás me fijaría en otro hombre. Sin embargo, en mi cabeza retumbaban las palabras que había escuchado cerca del baño, y mientras Camilo y Juan me hablaban, mi mirada trataba de localizar a Juliana. Como pude, eludí a Juan y a su hermano, y me abrí paso entre la indiferencia de algunos familiares, pero para nuestro infortunio, y sobre todo el de Juliana, éramos el centro de atracción para los invitados más importantes. Cuando me acerqué para contarle todo a Juli y pedirle que nos fuéramos de allí, me encontré con la mamá de Camilo y Juan, que quería mostrarme fotos y recuerdos familiares.

Mis ojos se posaban sobre imágenes bidimensionales en las que figuraban bebés, cartas escritas por Juan cuando estaba en el colegio y menciones de honor por ser excelentes estudiantes. Aunque esta señora me hablaba de una manera muy tierna y sintiéndose muy orgullosa de sus hijos, mi atención estaba centrada en cómo saldríamos de allí. Vi por una ventana que aquellos tipos que identificaron a Juli estaban hablando con Camilo, así que interrumpí a mi anfitriona, y salí en una búsqueda frenética y casi imposible. Juli no me contestaba el celu y pregunté por su paradero a varias personas que me indicaron que la habían visto en diferentes lugares de la casa. Cuando por fin me dirigía hacia la parte de atrás, Juan me detuvo y mi corazón hizo lo mismo. Me asusté mucho, pero me tranquilicé cuando me dijo que el abuelo quería hablar con todos nosotros.

Nos sentamos todos los jóvenes alrededor de una fuente. Allí estaba el abuelo, quien nos comenzó a contar varias historias. Entre ellas mencionó varias veces a mi abuelo, con quien compartió grandes momentos. Habló de algo que le parecía muy interesante, el nuevo libro del profesor Rosales: *Ustedes son el futuro*.

—Es la primera vez que un historiador dirige sus palabras a la juventud de hoy en día. Esto es muy fácil: Lucas va a ser un gran neurocirujano y logrará varios avances en esa rama; mi amiga Paula va a ser una reconocida artista que marcará tendencias mundiales; la novia de Juanito va a ser... no sé... una presentadora de televisión; Juan será un gran empresario, y Camilo posiblemente defensor de los derechos humanos. Todos ustedes son el verdadero futuro, pero tienen que comenzar desde ya —exclamó animadamente el abuelo.

Ahí volví a la realidad. Juro que no me había metido ninguna pepa y que todo ese viaje que tuve lo produjo mi cerebro solito. Me di cuenta de que tal vez las palabras del abuelo tenían buena intención, pero ¡qué lejos se encontraba el señor de la realidad! Esa generación que representaba el futuro de este país se fue diluyendo como hielo en una tarde de verano; nada se podría hacer para detener semejante cataclismo. La sociedad, la tecnología, los padres y la educación que se nos dio, todo eso fue el coctel perfecto para hundirnos en lo más profundo de nuestra oscuridad.

Aquellos familiares de Juan no dejaban de observarnos y de hacer comentarios entre ellos. Debo decir que me sentía tan nerviosa como las "mulas" que quieren pasar droga por el aeropuerto. Aunque estaba atenta a la conversación, mi cerebro operaba en un segundo plano y estaba en alerta amarilla, vigilante, pendiente de cada movimiento. Juliana todavía no sabía nada, hasta el momento en que el tío de Juan me llamó aparte.

—¿Cuánto cobran las dos por una fiesta? —me preguntó en voz baja.

—¿Perdón? ¡No sé de qué me está hablando! —le dije con voz firme.

—Mira, no te me hagas la bobita. Sabemos que ustedes son niñas de mucho ambiente, tú sabes... acompañantes, *escorts*, prepagos.

—¡Escúcheme, infeliz, y escúcheme bien: no sé con quién nos está confundiendo, pero esto ya no me gusta! Por respeto a su familia no voy a hacer un escándalo, pero si me sigue molestando, no respondo por lo que pueda pasar.

En mis ojos se vio mi rabia e indignación, pero a la vez el temor de ser descubiertas. En ese momento nos abordó el otro tipo, y tomándolo por el hombro le dijo:

—Tío, ella no es de esas, por lo menos hasta donde sé, pero vi las fotos y la otra sí es la de la fiesta.

Me quedé estupefacta mirándolos a los dos, y supe que ese era el momento para salir como pudiéramos de allí. Me sentía totalmente avergonzada, era ese sentimiento de desnudez que te persigue cuando sientes que todo el mundo te mira.

—¿Ves al abuelo? De ese señor aprendí algo muy importante: mira a tu alrededor y verás que no eres más que el reflejo de las personas con las que andas. Básicamente, "dime con quién andas y...", bueno, creo que ya sabes el resto —me dijo el tío.

Entendí bien lo que me quería decir, por eso decidí salir de allí lo más rápido posible, pero por nada del mundo permitiría que Juli fuera humillada; así que la tomé del brazo y le dije que si no quería que Juan la echara a patadas de ahí, teníamos que salir con el poco honor que nos quedaba. Tomamos nuestras chaquetas y salimos de allí, olvidando esa marcha solemne que nos acompañaba siempre cuando debíamos partir de algún sitio agradable.

Por un momento, y solo por un momento, había logrado ser tratada con respeto y cariño. Aún siento el calor de los abrazos del abuelo, de los besos de la madre de Juan y de ese hogar tan hermoso que, sin juzgarnos, nos acogió desde el comienzo.

Camino a casa, después de explicarle a Juli lo que había pasado, un silencio sepulcral nos embargó y me dio tiempo para pensar un poco. Sabía que algo así podía suceder, pero tenía la esperanza de que esta vez ella se diera cuenta de las cosas y tratara de organizar su situación. Con lo que respecta a mí, comencé a reevaluar nuestra "amistad" y el impacto que estaba teniendo en mi vida. Por más que tratara de explicar las cosas, nadie me creería: ni yo misma. Al llegar a mi casa recibí una llamada de Camilo. No quise contestar, pues no sentía ganas de excusarme. No tenía idea de cuánto sabía él y, aunque me interesaba mucho, no iba a entrar en detalles para empezar a mentir por Juli.

Días después, la crónica de una tragedia anunciada llegó hasta Juli. Aparte de tener su enfrentamiento con Juan, que la confrontó por su secreto, su carrera como "dama de compañía" llegó a su final abruptamente. Fue golpeada brutalmente por uno de sus clientes y duró quince días hospitalizada. Es de suponerse que en esa clase de oficios estás expuesta a muchas cosas, y más si intentas extorsionar a alguien, o simplemente por las locuras que producen esas situaciones.

Juli me llamó un sábado, tipo seis de la tarde. Recuerdo que la sentí algo nerviosa, su voz sonaba diferente, menos confiada y un poco más sincera. Me dijo que lamentaba que las cosas con Juan no hubieran funcionado como ella lo deseaba, pero que se sentía muy mal por mí, porque no quería que me viera envuelta en cosas terribles. Me dijo que lamentaba también que el tío de Juan me hubiese humillado de esa manera. Me prometió que esa era la última vez que hacía "un servicio", como ella lo llamaba. Después me vine a enterar de lo que había sucedido: al parecer su cliente se había sentido amenazado por unas fotos que ella dijo tener. Él pidió que sus escoltas la acompañaran a su casa y de ahí solo sabemos que la encontró un vendedor de cigarrillos, que llamó a la policía. Todo se denunció como un atraco.

Aún nostálgica por las oportunidades que se me iban, traté de seguir con mi vida. Me alejé un poco de Juli y de los *Étoile*, y entendí lo que sienten los mafiosos cuando se quieren salir de su gremio. "Tienes demasiada información, sabes muchas cosas y lo mejor es que permanezcas a nuestro lado": esa parece ser la consigna de cualquier grupo que hace fechorías. Me hostigaron, me buscaron, insistieron y lograron convencerme de volver. Sin embargo, como en cualquier relación, la mayoría de las veces una segunda oportunidad es "hielo frágil", que se puede quebrar con un mal paso. Tenía un *collage* de pensamientos que edificaban mi día a día, mis sentimientos se cruzaban y no existía claridad en lo que deseaba. No había nada de matemática en la forma en la que estaba dibujando mi destino, ningún movimiento era preciso, de ahí los vaivenes que me trajeron hasta acá.

Adoraba a Chubby, pero no quería hacerle daño; Camilo me movía el piso, pero no quería sentirme humillada; quería estar con mis amigos, pero las cosas no se sentían igual. Me preguntaba si todos esos pensamientos podrían ponerse en orden y si todos esos sentimientos se podrían aclarar.

Tratando de hacer un alto en el camino, me doblegué ante esa parte de mí que trataba de ignorar, ante ese lado claro que existía en mi interior. Quise darme una oportunidad y empecé a salir con diferentes tipos.

Debo confesar que, aunque había unos que me encantaban, mis sentimientos no eran los mismos que tenía por Chubby. En ese "triángulo" amoroso habité por mucho tiempo, el suficiente para darme cuenta, un poco tarde, de lo que realmente quería.

Empecé a replantearme algunas cosas. Entre ese ir y venir de pensamientos, surgió un conflicto interno que no me dejaba dormir, y por el cual tuve muchos dolores de cabeza. Por un lado, quería continuar con mis amigos, por el otro, pensaba en dejar todo eso y vivir una vida un poco más tranquila. Todos me hablaban del futuro y de cómo debía cultivarlo; me decían que todas mis decisiones tendrían repercusiones más allá de lo incomprensible. Recordé las palabras del profesor Rosales:

Si queremos ser un mejor futuro para este país, debemos desaprender algunos de esos vicios heredados por nuestros padres: la falta de su presencia en nuestras vidas, la permisividad y el creer que todo se arregla con plata. Así solo vamos a generar un futuro repetido del presente, subyugado a nuestro pasado, un déjà vu *con nuestros hijos.*

¿Por qué tanta obsesión con algo que no existe? Todo lo que existe es una línea de tiempo que nos lleva poco a poco hacia delante. No podemos devolvernos al minuto anterior y subsanar los errores que cometemos. En mi mundo, todas las personas que conocía no pasaban tiempo de calidad con sus padres, hacían cosas de las que no estaban al tanto y, cuando se daban cuenta, arreglaban todo con dinero. Faltaban guía, consejos prácticos, autoridad, firmeza, constancia y presencia que nos permitieran escapar del abismo que creamos bajo nuestra propia tutela. Esto se repetía de generación en generación, y nunca se rompía un eslabón. Si nuestro presente era ese, ¿qué podíamos esperar del futuro? Tantos escándalos y problemas con la justicia presagiaban que no tendríamos un mejor país o, por lo menos, que nuestros hijos vendrían de padres sin la ética moral para reprenderlos por algo que hicieran mal: ese era el verdadero futuro de mi generación.

Después de la tormenta de situaciones con Juli y, cuando se empezó a sobreponer del peor regalo que le pudo dar un "cliente", tratamos de recuperar un poco nuestras vidas y su ritmo normal. Juli nunca quiso darnos más detalles de lo que había sucedido, y dejó todo a la especulación de los demás. Ese era su pasado ahora, tal vez una huella imborrable y traumática que permanecería en su vida por siempre. Era una de esas decisiones del presente que se alojan en el pasado y que, como virus incubado, esperan al futuro para atacar nuestra paz mental. Como adolescentes que éramos, nunca pensábamos en el mañana, solo nos movía lo que sucedía en el momento: las fiestas, los tragos, las peleas; todo eso ocurría en instantes y era efímero.

Tal vez cuando eres adulto planificas y tratas de controlar lo que va suceder con tu vida, no hay ese ímpetu ni existe ese afán por experimentarlo todo, pero cuando eres joven, sin experiencia y con acceso a los medios económicos, pierdes toda perspectiva y tu vida se convierte en una montaña rusa. Son bajadas y subidas, vueltas de 180 grados que cambian todos los destinos e impactan a toda una familia.

Dani y Mario se habían sacudido el problema legal que se ganaron por pendencieros; Chubby no estaba en ningún momento a mi lado, pero al parecer siempre estaba conmigo; Juli se había tenido que pensionar abruptamente de su corta carrera como dama de compañía y había perdido al mejor hombre que hubiese podido encontrar en ese momento; yo quería sentir que un hombre podía hacerme volver a confiar en ese género y, como si fuera la escena de una película, todo de repente parecía en calma, una calma sospechosamente inquebrantable, que nos fue envolviendo y que jamás nos dejó ver la cara de nuestros verdugos.

Una noche lluviosa de abril de 2015, cerca del aniversario de la muerte de Becka, después de que mis padres se habían ido a una cena de gala, recibí una llamada inesperada, pero muy anhelada. Bruno quería saber si quería salir a ver una peli. Le dije que me sentía indispuesta, y tratando de hacerme la difícil, esquivé cuantas propuestas me hizo. Colgué sin mediar palabra, y una voz en mi cabeza me recordaba lo estúpida que era. Me recriminé durante una hora, y en mi soledad traté de pensar claramente. Me conecté al chat y encontré a Juli, que parecía ser la voz en mi cabeza, porque usó las mismas palabras. Después de hacerme sentir peor de lo que ya me sentía, me convenció de que fuera yo la que llamara a Chubby, y así lo hice. Al otro lado del teléfono estaba ese hombre que me hacía sentir única. Le pedí que viniera a mi casa y le dije que podíamos ver una película; quería arreglar las cosas y dejar de tener tantos conflictos, al fin y al cabo, él era un oasis de paz en mi turbulenta vida. Cuando llegó, volé por las escaleras para abrirle: sentía que el corazón se me iba a salir. Noté que en sus manos traía una caja de chocolates, pero también vi en sus ojos una mirada de perdón y arrepentimiento.

Ya en mi habitación empezamos a ver fotos de mi paso por Londres. Por momentos creí que ver el rostro de Becka y de mis amigas me haría sentirme deprimida, pero al escuchar las palabras de Chubby, de cómo me admiraba por sobreponerme a todo esto, me sentí reconfortada y aliviada, como quien se quita el peso de una maleta de cien kilos de sus hombros. Poco a poco sentí que no era tan culpable como creía.

Envueltos en una manta por el frío implacable que hacía, vimos algunos videos cómicos en YouTube, nos reímos mucho e hicimos comentarios sobre las bobadas que veíamos. Me sentí cálida, protegida y muy cómoda a su lado. Seguimos riendo hasta que se quedó callado por un minuto, tal vez más. Sus ojos tenían un brillo especial y su piel se veía más tersa. Ese brillo era el indicativo de que queríamos que algo pasara. Me mordí el labio mientras me miraba, y entonces se inclinó sobre mí con ímpetu.

—Ya no aguanto más. Quiero besarte —me dijo en un susurro, con el rostro iluminado por el computador.

—Hace mucho tiempo deseaba este momento —le respondí, mientras comenzaba a cerrar los ojos.

Nuestros labios se encontraron y no hallaron lugar para quedarse, los besos eran cada vez más apasionados. Nos levantamos y seguimos besándonos. Empezamos una danza erótica que pronto nos llevaría a mi cama. Sus caricias me hacían sentir deseada, mi cuerpo reaccionaba positivamente y, como una coreografía sensual, nos movíamos al mismo compás. Pronto pude averiguar qué se sentía estar preparada. Me quitó la blusa y sentí el frío de la noche, pero no me importó; sus manos temblorosas recorrían mi espalda, buscando despojarme de mi sostén. No podía pensar sino en sentir su piel, los nervios me aceleraban el corazón y podía escuchar sus latidos; era pasión y lujuria lo que estábamos experimentando. Nada de lo que sucedía en ese momento me traía recuerdos de aquella tarde con David, porque esto era puro, inocente y hermoso. Cuando pude quitarle su camisa y procedí a hacer lo mismo con sus *jeans*, se quedó mirándome fijamente, y con cara de miedo se levantó y me dijo:

—¡Perdóname! Lo siento mucho, pero no puedo hacer esto. Eres hermosa, estás buenísima y te deseo mucho…
—Se puso la camisa y, como si lo hubiesen amenazado con un arma, se dirigió hacia la puerta.

Le rogué de rodillas que no lo hiciera, pero mi llanto no lo detuvo. Cruzó la puerta y se marchó sin darme más explicaciones.

Quedé de una sola pieza. No entendía nada, estaba totalmente confundida y mis lágrimas volvían a acompañarme, porque el dolor que sentía era demasiado. ¿Qué había hecho mal? Esperé un tiempo prudencial para llegar a esta situación, me aseguré de estar lista y de no tener ninguna clase de malos recuerdos. Mis padres no estaban en la casa y todo estaba dado para que nuestro encuentro fuera perfecto. Me miré al espejo, me vi fea, gorda y hasta pensé que olía mal. Esa noche me sentí la mujer más sucia del planeta y la menos afortunada. Los hombres de mi vida eran unos completos cretinos. Otra vez me sentía vulnerada y humillada. Pensé en muchas cosas: tal vez es gay, quizá no le gusté, tiene disfunción eréctil, pero todo era especulación.

Capítulo **7**

A cada bosque le llega el alba…

RECUERDO QUE DE PEQUEÑA ME SENTABA EN LA BANCA DE madera que estaba cerca de la casa de mis abuelos. Allí escuchaba a mi abuelo hablar de la gente buena y de la gente mala. Él me contaba sobre personas que amenazaban a otras para lograr lo que querían, para despojarlos de lo que tenían o simplemente para producir algún tipo de miedo, el cual, por supuesto, era confundido con respeto. Cuando le preguntaba por qué las personas malas no eran castigadas como se lo merecían, sus respuestas siempre apuntaban a que todos aquellos que cometían algún tipo de falta contra la sociedad terminaban en la cárcel o muertos, pero en mi cabeza de niña inquisitiva rondaba una pregunta que no me dejaba en paz.

—Abue, ¿qué pasa con las personas que no son atrapadas?

Mirándome con sus ojos llenos de paz y sabiduría me contestó, tratando de dejarme una idea clara en mi pequeña cabeza.

—La conciencia, la vida, Dios o el karma, todos te generan un sentimiento que te indica que lo que haces está mal, y los tropiezos que tengas a partir de ese hecho te lo recordarán. Ante estas situaciones no tienes escape: si matas a alguien, siempre verás su rostro; si robas, también te quitarán; tu pecado te perseguirá hasta el final. A cada bosque le llega el alba. Todos sabemos que vamos a morir, pero nadie piensa en ello, a menos que esté muy cerca de la muerte. Ahí tendrás tiempo para arrepentirte de lo que hiciste mal o de lo que dejaste de hacer.

—¿O sea que yo soy el bosque y el castigo es el alba? —seguí preguntando.

Hubo un silencio muy largo y supe que su famoso dicho "el que calla otorga" se hacía evidente. Mi abuelo solía quedarse callado cuando su respuesta tenía que ser sí o no, dependiendo de las circunstancias.

Cuando íbamos a la finca durante unos días, siempre veía el atardecer en el lago. En la madrugada cruzaba el puente y me sentaba en la banca de madera para ver el amanecer del otro lado. Observaba cómo el sol o la oscuridad de la noche lo cubrían todo. De esa manera me percataba de que el abuelo estuviera en lo correcto. Era una pequeña niña que tenía que confirmar las cosas por sus propios medios, y llegar hasta el final de cualquier asunto para verificar que fuese verdad. ¿Dónde quedó esa pequeña? ¿Desde cuándo me volví totalmente crédula y manipulable? ¿Por qué me llegó el alba? Todos hemos sido idiotas útiles, guiados por decisiones y deseos inútiles, que se alimentan de la decadencia de una sociedad malsana, que no nos permite resarcirnos de nuestros errores.

No basta con lamentarnos, escondernos o tratar de fingir que nada pasó. No puede llegar la noche y después la mañana, y seguir pretendiendo que estamos ausentes y que nuestras vidas no existieron. Quedarnos como un recuerdo efímero en este bosque terrorífico es como haber pasado por un infierno y haber pagado los pecados mil veces. En una cárcel al menos pagas tu tiempo, y en muchos casos te dejan libre porque ya le devolviste a la sociedad lo que le debías, pero el único descanso que podremos tener nosotros será cuando el sol o la oscuridad nos cubra a cada uno con su manto y se sepa la verdad, para que todo aquel crimen que hayamos cometido sea pagado.

No fue sino hasta el momento en que llegué acá, a esta cama, bajo este cielorraso, cuando entendí, no solo las palabras del abuelo, sino la repercusión de las malas decisiones que tomé y que forjaron mi camino a la debacle. La noche empezó a caer para algunos de nosotros más temprano que tarde, y la ley de aquel famoso karma empezaría a anunciar su aparición.

Recuerdo que una tarde de domingo mi papá me volvió a indagar sobre la pelea de Dani y Gabriel Lozano. Creí que su curiosidad era algo normal y que solo se trataba de preguntas de un padre que se preocupa por su hija. Mi padre estaba tratando de sacarme algo de información al detalle, y sus preguntas se desviaron hacia el hecho de que las dos familias hubiesen llegado a un acuerdo de indemnización. Le conté lo que sabía de modo general, sin entrar en detalles, tratando de cubrir a mis "amigos". Sin embargo, me contradije en muchos aspectos y, como en los libros de Agatha Christie, él sacó sus propias conclusiones.

Esa misma tarde, cuando estábamos concentrados cada uno en nuestros asuntos, recibimos una honorable visita. Al comienzo no me asusté, porque en mi casa estábamos acostumbrados a almorzar con jueces, altos mandos militares, senadores y el fiscal general. Este último era un gran amigo y compañero de mi padre desde sus épocas de colegio: compartían su pasión por el whisky y el fútbol.

Los escuché entrar al estudio de una manera singular. Como si fuese un secreto de Estado, comenzaron a hablar de algunos asuntos, según ellos, extraoficiales. Mi padre me pidió que no saliera de la casa, porque tal vez me iba a necesitar para un par de cosas. Jamás en mi vida alguno de mis padres me había pedido semejante cosa, ni siquiera en mis sueños. Todo se volvía muy raro, y la verdad me sentí nerviosa. Até cabos y traté de pensar para qué podrían necesitarme, y por qué las preguntas de mi padre. Recordé su mirada desafiante, que casi podía leer mis pensamientos, y ver las imágenes en mi mente con un letrero rojo que decía "MIENTE". Mis manos sudorosas presagiaban un mal momento, y quería irme para evitar una confrontación inminente. Los segundos corrían muy lentamente, mientras mi mente especulaba con desespero y pensaba en las posibles respuestas a sus preguntas. No es fácil quedar atrapada en conflictos que no son tuyos: solo porque otros los viven y siempre estás a su alrededor eres culpable por omisión.

De pequeña siempre fui inquisitiva y desafiante, y al ir creciendo me encontré con que había desarrollado un carácter fuerte con el cual podía enfrentar lo que fuera, pero esta vez me sorprendí a mí misma debilitada y con miedo de ser enfrentada a la verdad. No sabía lo que pasaba, pero tenía un presentimiento de que las cosas no eran nada buenas. Volví a ser una adolescente asustada, pero no por miedo a sentirme regañada o a ser castigada. La verdad, en ese momento no sabía por qué estaba asustada, pero ahora que lo pienso, creo que a veces esas amistades enfermizas te absorben tanto que terminas sintiéndote culpable por todo lo que ellos hacen. Sabía que las cosas iban por mal

camino, lo presentía y yo era la protagonista de una tragedia por venir. Tal vez estaba imaginándome cosas que
no eran o me estaba armando un video de esos tenaces.
Preferí esperar antes de huir. Aunque pude haber hecho lo
segundo, no era una buena opción: significaba que podía
darles la razón en todo aquello que quisieran preguntarme.

Una y otra vez armé en mi mente la posible conversación. En ella escuchaba sus preguntas y daba mis
respuestas. Al final quedaban totalmente satisfechos y no
pasaba nada. Era fácil: solo debía memorizar mis líneas
y recordarlas sin mostrar ninguna clase de tensión en mi
rostro. El tiempo se estiraba, cada momento era eterno,
sentía que algo me oprimía el pecho. Finalmente se abrió
la puerta del estudio y escuché la voz de mi padre.

—Pau, mi vida, ¿puedes venir un momento?

Respiré profundamente, con tranquilidad, me di
ánimos tratando de fingir que no pasaba nada, y "vendién-
dome" la idea de que no era nada malo. ¿Qué era lo peor
que podría pasar? Bajé lentamente hasta poder sentirme
más tranquila. La puerta del estudio estaba entreabierta
y, cuando me asomé, los vi a los dos con un vaso de whisky
en la mano. Mi padre estaba de pie junto a la biblioteca, y
el fiscal estaba sentado en la mecedora cerca de la chime-
nea. Sentí sus miradas inquisidoras y ávidas de respuestas
concretas. Me senté en un extremo del sofá, donde me afe-
rré a un cojín que me hacía sentir segura, como un escudo
que crea un campo de fuerza en el cual te haces intocable.

—Mi amor, ya conoces a Mario. Sabes qué hace
él, ¿verdad? Te cuento que nuestro gran amigo viene
porque en su trabajo encontró unas dudas que curiosamente tú le puedes resolver. Quiero pedirte que seas lo

más honesta posible con tus respuestas y las pienses bien. Sé que eres una niña muy madura y entenderás que no estamos en posición de encubrir crímenes. —Mi padre hablaba tranquilamente.

—Verás, Paula, solo quiero ayudar. Mi trabajo consiste en que si se comete un crimen, las personas que participaron en él respondan por lo que hicieron, y que sea la justicia la que se encargue de determinar si son o no culpables. —El fiscal dejó su vaso en la mesa de centro, y con las manos en los bolsillos, caminó mirando hacia un cuadro de la Última Cena—. Te quiero contar una historia. Un día, unos buenos muchachos, algo irresponsables, como lo hemos sido todos a esas edades, fueron a una fiesta en donde, como es costumbre, aunque no sea legal, tomaron demasiado, y al calor de los tragos se presentó una rivalidad. Llenos de valentía, por tratar de demostrar quién era el mejor, decidieron resolver sus problemas en un duelo a golpes. Al comienzo la pelea era justa, porque solo se trataba de puños y algunas patadas. Sin embargo, uno de ellos no estaba dispuesto a quedar en ridículo delante de su grupo, y decidió darse una ayuda con un arma urbana que no está permitida por la ley: algo llamado manopla. En hechos confusos, este individuo golpeó al otro y ese golpe fue tan fuerte que...

—Le fracturó el cráneo y casi lo mata. Ya me sé esa historia —lo interrumpí, de una manera abrupta y muy poco amable.

Mirándome a los ojos de manera desafiante se acercó, suspiró, sacó las manos de los bolsillos, miró a mi padre y después caminó de vuelta hacia la mecedora. En la mesa, al lado de la silla, había una carpeta que contenía un sobre de manila. Lo tomó, sacó los documentos que había allí, y devolviéndose hacia mí en un silencio pasmoso, se sentó y me dijo:

—Tal vez no entiendas la seriedad de esto, tal vez no sepas el resto del cuento, y a lo mejor tienes las respuestas a mis preguntas. Te quiero mostrar algo que seguramente no sabes. La familia de Gabriel Lozano, después de haber demandado a la familia de Daniel por estos hechos, tuvo que irse del país bajo extrañas circunstancias. Al hacer la investigación, encontramos que había sido amenazada de muerte y que detrás de estas amenazas se encontraban unos paramilitares. Todo esto ha sido corroborado por un desmovilizado, que nos dio los nombres del senador Morales y su hijo. Este señor ha sido investigado varias veces por nexos con grupos al margen de la ley. ¿Sabes si tu amigo Mario estaba en la pelea o si ayudó para sacar a su amigo del problema?

Quedé atónita con lo que me estaba diciendo, se me secó la garganta y podía escuchar los latidos de mi corazón. Sentía los labios partidos. Como si hubiera estado caminando en un desierto por horas, sentí que me iba a desmayar. Como pude me compuse y vi las evidencias que estaban en el sobre: documentos, fotos y declaraciones, donde podía reconocer nombres y rostros. Me sentí como en un capítulo de CSI al verme en semejante encrucijada. Comencé a contar en detalle lo que recordaba sobre la pelea. Por ningún motivo me salí de los límites del recuerdo de esa noche. Uno a uno fueron saliendo los recuerdos, las palabras y las situaciones que se dieron en ese momento, para recrear una imagen más clara de lo sucedido. Lloré como nunca lo había hecho, las imágenes de aquel muchacho ensangrentado y tirado en el suelo llegaban a mi cabeza. Nunca pensé que estaría involucrada en semejantes situaciones sobre amenazas de muerte y paramilitares. Una cosa es una pelea en una fiesta, otra muy diferente hablar con el fiscal general de la nación sobre delitos mayores.

Mi padre se acercó, y muy suavemente me abrazó y me besó en la frente, dándome tranquilidad. Después de terminar de contarles todo, mi padre me pidió que me calmara, me acompañó hasta mi cuarto y me aconsejó que no hablara de esto con nadie, por nuestra seguridad. Cuando escuché eso, sentí que todo era mi culpa y que ahora mis padres estaban involucrados en una situación que ponía en riesgo su integridad. Esto es algo que jamás me podré perdonar: todas mis malas decisiones y actos nos condujeron a un momento impensable. Esa noche no pude conciliar el sueño, mi cabeza era un torbellino de pensamientos e imágenes, una tormenta de angustias que me llevaba hasta el borde de una crisis nerviosa.

Aunque ya había tratado de alejarme de mis "amigos", aún tenía vínculos muy fuertes con ellos y, lo que es peor, sentía lealtad hacia ese grupo. Era consciente de los actos que algunos estaban haciendo. Era muy malo todo aquello, pero tampoco quería que arruinaran sus vidas y que terminaran en la cárcel, prisioneros de sus propias decisiones.

Recuerdo que pasó menos de media hora y, cuando estaba sentada meditando sobre todo lo que acontecía, sentí que tocaban a la puerta. Era mi papá, con un rostro que jamás había visto en él. Era una expresión extraña, esa que suelen mostrar las personas que saben cómo te estás sintiendo. En ese momento di gracias, porque una situación delicada me acercaba a mi padre, como nunca antes. Sus ojos tenían una mirada profunda, pero no me juzgaban, solo buscaban conectarse con mi alma, y en algún rincón de ellos mostraban cierta culpa. Se sentó junto a mi cama y me dijo que no sabía qué decirme. Veía cómo entrelazaba sus manos mientras hablaba nerviosamente. A veces agachaba la cabeza en señal de humildad, como quien pide perdón.

Una sensación arrulladora me cobijó en ese momento. Pasé del miedo y de la tristeza a un sentimiento de protección. Era un momento sublime que jamás había tenido con ninguno de mis padres. Muchas veces recé para que algo así sucediera, tal vez todo lo que había hecho hasta el momento era como me lo explicaban los psicólogos: solo quería llamar la atención. Ahora que lo pienso bien, esa no fue una buena estrategia.

Mientras estábamos allí, en una situación un tanto incómoda, porque hacía mucho tiempo que no dialogábamos y no existía la confianza padre-hija, pensé que el hombre que estaba a mi lado era quien me había dado la vida, y que aunque no hubiera estado en los momentos más difíciles para mí, siempre había entregado lo mejor de sí para que mi madre y yo no nos preocupáramos y mantuviéramos un buen estilo de vida. Nadie te enseña a ser padre o madre, no hay escuelas para eso, pero al parecer los juzgamos por cada cosa que hagan o dejen de hacer, no toleramos que se equivoquen y les exigimos que sean perfectos; damos todo por sentado y creemos que es su obligación llenarnos de lujos y responder por todo lo que hagamos mal. Nunca me detuve por un momento a preguntarles cómo se sentían, todo siempre giró en torno a mí, fui egoísta, pero al fin y al cabo tampoco te enseñan a ser una buena hija.

Mi padre no era muy expresivo, le costaba mostrar sus sentimientos, y eso se veía en la relación con mi madre; aun así, sabía que se amaban por la forma en que se miraban. Entendí en ese preciso instante que mi padre me amaba y que sentía que debía rescatarme de alguna manera de mi fatal destino. Él era esa tabla que salía a flote en mi naufragio, y a la cual debía aferrarme hasta el fin. Ninguno de los dos sabía que era un poco tarde: el destino que me había labrado ya tenía planes para mí.

—Mi vida, hace mucho tiempo tu abuelo se sentó conmigo. Su intención era corregir el rumbo de mi vida, y estaba dispuesto a cualquier cosa para lograrlo. Si algo aprendí de él, y lo utilizo en mi vida personal y en la política, es que uno acompaña al amigo hasta la tumba, pero no se entierra con él. Verás, todos creemos a veces que el peor enemigo que podemos tener es nuestra familia, pero al final es lo único que nos queda. Tú das tu vida por tus amigos, pero ¿están dispuestos ellos a darla por ti? —Se tomó la quijada con su mano derecha y suspiró fuertemente.

Debí pensar y reflexionar con esa pregunta, y reaccionar de una manera drástica. Sabía la respuesta, pero volví a mentirme una y otra vez. Cada vez que lo hacía, mi bosque se oscurecía más. Mi padre no me quiso contar qué pasó entre el abuelo y él, pero unos días más tarde me enteré de todo, y pensé que si ellos lo habían podido superar, también yo lo haría.

—No desperdicies todas las oportunidades que tienes, solo por conservar la amistad de personas que no te valoran y que seguramente usarán todo lo que sepan de ti para hacerte daño. Este es un mundo cruel, y necesitamos que más personas valientes sean capaces de enfrentarse a las adversidades, de tomar decisiones que nos lleven a un mejor futuro. No sabes cuánto me duele no haber estado todo este tiempo a tu lado: eres mi princesa y quiero lo mejor para ti. Jamás me perdonaré el haberte abandonado de la forma en que lo hice, nunca he sido un buen padre para ti. —Sus lágrimas brotaban como cascada mientras me decía todo eso.

Pasé de ser la que necesitaba consuelo a ser la que abrazaba a mi padre, mientras se derrumbaba hacia mi pecho. El olor de su loción me impregnaba y me llevaba a un viaje en el tiempo. Recordaba cuando tenía tres años, corría hacia él y me levantaba como llevándome hacia el cielo: era un sentimiento único, era mi héroe.

Acaricié su pelo sedoso y sequé sus lágrimas con mi mano; era como recoger los pedazos de un ser de cristal que cedió por la presión de la vida: era frágil, vulnerable, humano. Era mi padre quien lloraba como un niño; el único hombre que daría la vida por mí si fuese necesario. Era esa sombra que estaba pendiente de mí aunque no la viera, ese que me dio algo más que la vida: me dio una identidad, la mitad de mi mapa genético. Ese hombre estaba entre mis brazos derramando lágrimas de amor, y diciéndome con su llanto que yo era su vida. Hubiese querido tener el tiempo y los momentos para haber compartido con él y con mi madre.

Jamás podré sentir sus abrazos el día de la graduación. Me duele saber que mi padre no me llevará al altar caminando por la alfombra de la iglesia para entregarme al hombre de mi vida, tal vez sintiéndose muy orgulloso de su princesa, y con algunos sentimientos encontrados; mientras que mi madre no llorará desconsoladamente al ver a aquella damita a la que cargó en su vientre por nueve meses y tres días convertirse en la esposa de un hombre perfecto para ella y digno de la familia.

Mi madre se quedará con el primer recuerdo imborrable de su semilla, ese momento en el que supo que su vida cambiaría para siempre. Acariciando su vientre sabía que engendraba una vida, pero no que la enterraría sin poder verla sonreír y sin decirle adiós. No me verán esperando a mi primer hijo, ni podré invitarlos a mi casa a almorzar. Mi padre no podrá verse reflejado en los ojos de su nieto ni jugar con él. Jamás podré llamarlos para decirles cuánto los extraño, y no tendré a quién contarle las historias que me contaban cuando era pequeña. Seré solo un vago recuerdo, una imagen bidimensional que genera sentimientos de culpa, frustración y tristeza. No estoy segura de si generaré un vacío interminable, un silencio eterno que deje mi nombre impronunciable. No sé si para mis padres llegará la luz de la mañana, un poco tenue, bajo un cielo encapotado que quiera llorar mi ausencia, aunque sea por un solo momento y se abrace a mi recuerdo.

Me llevó tiempo digerir toda esta situación y entender que no estaba en la mejor época de mi vida. Sabía que la noche le estaba llegando a nuestro bosque y que el alba no tardaría en llegar si no hacíamos algo. Era arriesgado salir y contar algo tan tétrico como esto, así que decidí continuar con mi vida como si nada pasara; tenía miedo de alejarme o acercarme demasiado, no sabía si en algún momento me iba a ver más comprometida en esa delicada situación.

Esa noche me quité un peso de mi espalda, sentía como si la iglesia de Monserrate y toda la montaña se alejaran de mis hombros como por arte de magia. El río de lágrimas que brotó de mi corazón se llevó años de angustia y cerró la brecha que existía con mi padre. Al sentirme tan cerca de él, pude pensar con más claridad y, aunque no quería desaparecer de un momento a otro, sí llegué a contemplar la posibilidad de alejarme durante un tiempo, de irme del país y de postergar la llegada del alba a nuestro bosque. Lo que no sabía era que esa noche nos cubriría con su oscuro manto.

Volví a encontrarme con Sofía y con Juliana. Les conté que me había acercado un poco a mi padre y cómo lo había visto tan triste. Aunque no les dije las razones, me quebré ante ellas. En esos momentos sentí que necesitaba llorar, porque se había convertido en una terapia para mi alma. No éramos malas personas, solo mujeres que habíamos tomado malas decisiones, o eso creía hasta ese momento. Fue una especie de catarsis, pero no sentí que estuviera siendo honesta y, aunque pensé en decirles la verdad, me contuve, porque no sabía cuál podría ser su reacción. Ellas me escucharon atentamente y me consolaron como dos buenas "hermanas", cumpliendo de esta manera su promesa, haciendo mi sufrimiento más llevadero.

Las risas, las carcajadas y los momentos de "alegría" que pasábamos juntas, poco a poco se iban desvaneciendo ante nuestros ojos, nos abandonaban lentamente para dar paso a letales angustias y depresiones. En nuestro colegio éramos la comidilla de profesores y estudiantes. Los rumores volaban y se convertían en bolas de nieve, en una avalancha de información confusa, donde la verdad y la mentira se mimetizaban entre líneas, y danzaban con las dudas razonables de aquellos que afirmaban ser testigos de cada hecho que acontecía en nuestras vidas.

En lo personal, mi llanto llegó a ser una lluvia de invierno enmarcada en una ciudad triste, pálida y melancólica como Bogotá. La ciudad que abrazaba mi historia y servía de paisaje para dejar nuestras huellas nos mostraba que la vida aquí podía ser tan impredecible como su clima: errática, extrema y muy extraña, formada por una colección interminable de regiones, razas y credos, que tienen en común el juzgar al prójimo de una manera inclemente.

Para mí era ridículo lo que sucedía. Mientras la gente hablaba en los pasillos sobre nosotros, mi pequeña cabeza se hallaba divagando y pensando en los problemas que se venían por el asunto de la fiscalía. Sin embargo, recordé el "exorcismo" que hice con mi padre, y me sentí segura y sin miedo; sabía que él pensaría en algo y que no nos veríamos perjudicados. Al fin y al cabo era un experto en resolución de conflictos.

Capítulo **8**

Al filo de la navaja

CADA DÍA, por la mañana, me despertaba en una rutina viciosa e incandescente, cegada y distraída por la cultura tecnológica de las redes sociales: primero miraba los comentarios en Twitter, después revisaba los *posts* y los *likes* en Facebook, luego pasaba por los comentarios en Myspace y por último me entretenía con el video o los videos del día en YouTube.

En algún momento llegué a pensar que mi vida era más virtual que real, aunque sabía que cualquier cosa que hiciese en ese mundo digital se amplificaba como una onda expansiva en mi vida terrenal. Cualquier comentario que hiciese, cualquier *post*, me hacía blanco inmediato de respuestas agresivas, amenazantes o delatoras.

Después de mi situación con David, me desconecté por un tiempo de todo y dediqué varios momentos a pensar y a reflexionar; me quité los grilletes de la tecnología y caminé libremente por el bosque del conocimiento, como lo hicieron mis abuelos.

Disfruté de algunos libros y conversaciones amenas, el cine se volvió un escape de todos mis traumas. No obstante, las ondas magnéticas del espectro digital me volvieron a capturar, convirtiéndome una vez más en su esclava.

Muchos de los movimientos que hicimos y los conflictos que creamos fueron publicados por estos medios, y dejados como evidencia para cualquiera que quisiese recolectar datos, como hechos históricos o material probatorio en contra de cualquiera de nosotros, o de absolutamente todos. Al igual que en mi diario, la información en estos sitios fue borrada o reemplazada, sin dejar una huella clara de lo que había pasado.

Una tarde sucedió algo que los expertos predicen pero que jamás escuchamos: esa herramienta fundamental que sirve para comunicarnos esparció dudas sobre todos nosotros.

Un correo anónimo hizo que en segundos, no solo más de mil personas del colegio hablaran del tema, sino todos aquellos que ellos conocían. Se volvió un efecto multiplicador, una bola de nieve, una llamarada que con sus brasas letales quemaba las pocas dudas que existían sobre nuestras vidas.

Ese mensaje era el gatillo que dispararía la bala sobre nuestra moribunda credibilidad.

Ya todos nos habíamos convertido en los sospechosos de siempre, y nuestras miradas inquisidoras y acusadoras revelaban la tensa calma que existía en esa comunidad. Se supone que el colegio debía ser nuestro segundo hogar, ese refugio donde te puedes sentir protegido de todo mal, pero en nuestro caso, ese sitio consagrado para el saber y las experiencias más hermosas de la juventud se convertía en el banquillo de los acusados, el árbol de la discordia y la plaza de los apedreados.

No imagino cuántas personas llegaron a comentar el contenido maléfico que llegaba a sus manos. El lodo de la infamia y la injuria cubrieron con su manto hasta las reputaciones más inmaculadas de nuestro amado templo del saber. El odio de esas palabras se esparció como un fuego abrasador y dejó en el aire sus cenizas candentes, que quemaron hasta la más fuerte de las autoestimas. Cualquier hogar en crisis sería presa de este terremoto de palabras, causado por un nombre sin rostro.

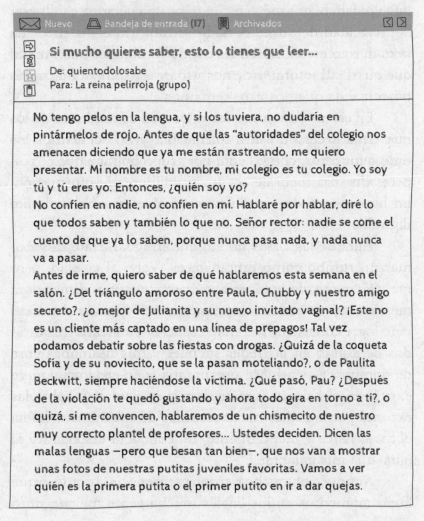

✉ Nuevo   ⬓ Bandeja de entrada (17)   ▦ Archivados   ◁ ▷

Si mucho quieres saber, esto lo tienes que leer...

De: quientodolosabe
Para: La reina pelirroja (grupo)

No tengo pelos en la lengua, y si los tuviera, no dudaría en pintármelos de rojo. Antes de que las "autoridades" del colegio nos amenacen diciendo que ya me están rastreando, me quiero presentar. Mi nombre es tu nombre, mi colegio es tu colegio. Yo soy tú y tú eres yo. Entonces, ¿quién soy yo?

No confíen en nadie, no confíen en mí. Hablaré por hablar, diré lo que todos saben y también lo que no. Señor rector: nadie se come el cuento de que ya lo saben, porque nunca pasa nada, y nada nunca va a pasar.

Antes de irme, quiero saber de qué hablaremos esta semana en el salón. ¿Del triángulo amoroso entre Paula, Chubby y nuestro amigo secreto?, ¿o mejor de Julianita y su nuevo invitado vaginal? ¡Este no es un cliente más captado en una línea de prepagos! Tal vez podamos debatir sobre las fiestas con drogas. ¿Quizá de la coqueta Sofía y de su noviecito, que se la pasan moteliando?, o de Paulita Beckwitt, siempre haciéndose la víctima. ¿Qué pasó, Pau? ¿Después de la violación te quedó gustando y ahora todo gira en torno a ti?, o quizá, si me convencen, hablaremos de un chismecito de nuestro muy correcto plantel de profesores... Ustedes deciden. Dicen las malas lenguas —pero que besan tan bien—, que nos van a mostrar unas fotos de nuestras putitas juveniles favoritas. Vamos a ver quién es la primera putita o el primer putito en ir a dar quejas.

Después de esto, la asociación de padres pidió que hicieran una investigación, pero no sobre la persona que envió este "panfleto", sino sobre todos nosotros, para corroborar si lo que se decía era cierto. Lo único que les preocupaba era la reputación de la institución, y no se preguntaban cómo se veían vulnerados nuestros derechos. Puede que todo aquello que se describía allí fuera la absoluta verdad, pero ¿qué derecho tiene una persona a vulnerar la privacidad de otros? A nadie le importaba nuestra vida sexual, solo era el morbo resentido de alguien trastornado que quería desquitarse de nosotros y esparcir su ira por no tener la vida que nosotros teníamos.

En ese momento, todos dudamos de cada uno de los que tenía acceso a esa información, y nos culpamos los unos a los otros, como cualquier grupo político que se respete. Un solo mensaje era un torbellino de información, un hoyo negro de especulación que se tragaba cualquier dignidad.

Aunque las cosas no se sentían igual, traté de retomar mi rumbo como tantas veces. Volví al colegio, pero me di cuenta de que estaba como en otra dimensión: me sumergí en todos los pensamientos que me distraían y no logré concentrarme en lo esencial. Publicaba mis estados de ánimo en las redes sociales y mis desmanes eran de dominio general. Me preguntaba si en cada grupo que existía en el colegio comentaban y especulaban sobre las razones por la cuales me encontraba de esa manera: había decaído física y mentalmente, mi conducta era errática al igual que mis palabras.

Aunque por mucho tiempo permanecí sobria, juro que hubo momentos en los cuales mucha gente me preguntó sobre lo que estaba consumiendo. La falta de sueño, las preocupaciones y la vida agitada que llevaba me hacían ver como una persona que no solo estaba sufriendo trastornos de personalidad, sino cuya apariencia estaba cambiando para mal.

Chubby volvió a escribirme disculpándose por lo que había sucedido; me pidió una nueva oportunidad, que comenzáramos de nuevo, que fuéramos poco a poco y que llegáramos hasta donde queríamos llegar: tener un simple y hermoso noviazgo. Lógicamente, no le contesté inmediatamente. Lo hice esperar y rogarme, y lo planté varias veces hasta que al final le contesté, le dije cómo me sentía y que eso que él había hecho no tenía explicación. En sus correos siempre me pedía comprensión. Decía que lo tenía que entender y que le diera otra oportunidad. ¡¿Entender?!, lo único que podía entender era que, después de haber sido abusada, había decidido que podía vivir y seguir adelante por mí misma, pero cuando me fui a entregar al primer idiota que pasó, salió corriendo como si hubiese visto al demonio.

Hasta ese momento mi egoísmo no me dejaba ver más allá de lo que pasaba frente a mí; siempre pensé que era yo la única que sufría, la única que tenía conflictos, la que caminaba por el filo de la navaja.

Recuerdo que en algún momento tuve la oportunidad de hablar con el profesor Rosales, que era famoso, no solo por su nivel intelectual, sino por su bondad como ser humano. No puedo acordarme de ninguna de sus clases, pero sí de algunas charlas que tuvimos. Me escuchaba, me entendía y me aconsejaba; lamentablemente yo hacía caso omiso de sus palabras.

—Cuando una persona no es capaz de desarrollar un carácter fuerte y una personalidad sólida, se ve entregada a los vientos como una veleta. Hacer lo que otras personas te digan, sin evaluar las consecuencias de tus actos, puede ser como estar al filo de la navaja. Te explico: imagina una navaja gigante, abierta. Estás descalza y tienes que caminar todo el tiempo por el filo, ¿qué pasaría? Así vive mucha gente: tomen la decisión que tomen, siempre se lastimarán. —Me enviaba mensajes que solo hasta este momento supe descifrar.

Mi cuerpo yace postrado en una cama de cuidados intensivos, y respira a través de una maraña de tubos y cables, que con cada *bip* agotan el conteo regresivo de los latidos que habitan en mi corazón. Ante mi cama han desfilado propios y extraños, y no puedo decir que esta vez no me interesa lo que me digan y sientan. Sofía se tomó la molestia de pararse frente a mi cuerpo casi inerte para decirme que todo recuerdo que se había grabado en mi diario desaparecería conmigo, pero ¿cómo olvidar todo lo que nos pasó? ¿Cómo trasegar por este mundo sin dejar huella?

Hace un instante se cerró la puerta de esta habitación con la sombra de Sofía dando la espalda. Muy seguramente dio un suspiro de tranquilidad al abandonar este recinto, segura de que todo en su vida estaría tranquilo de ahora en adelante. Testigos de sus palabras solo fueron el silencio de esta habitación y mi figura traslúcida, o lo que sea en lo que esté convertida en este momento.

Parece un mal sueño donde los segundos se hacen eternos, donde quieres gritar y no puedes, donde quieres correr y tus piernas no responden. Las palabras se ahogan en tu garganta, y de repente el miedo te abraza de tal manera que, si despiertas, el espanto no te deja volver a dormir. Mi caso es un poco distinto: mi sueño ya será eterno. Esa energía que corre por nuestros cuerpos, esa capacidad de percibir aquello tan importante que llamamos vida, me está abandonando, y con el transcurrir del tiempo deja mi cuerpo. Ya no puedo huir, ya no tengo qué temer. Caminé por el filo de la navaja y a destajo perdí mis sueños, no superé mis frustraciones y rebané la vida de otros con mi forma de actuar.

Estoy aquí en el pasillo de la muerte, esperando ese momento en que ya no vea, no sienta y no escuche; el momento en el que se apaguen las luces de este teatro y el silencio cubra toda mi actuación con su manto oscuro. Todo tiene más color, más luz; es una luz radiante que no te deja ver. ¿Será este el momento culminante? En algunas ocasiones llegué a sentirme como el *Dr. Jekyll* y su *Mr. Hyde*: era la niña inocente que quería amar y ser amada, pero que para ser aceptada por sus pares se convertía en un monstruo impulsado por la ira, la mentira y el egoísmo. Nunca sabré el porqué de mis decisiones, de mi falta de autocontrol y del mal manejo de mis emociones. Un tren descarrilado, un caballo salvaje desbocado: eso fui durante mi paso por este mundo.

Decidí dejar de caminar por el filo de la navaja. Al fin y al cabo me sentía segura y no parecía que fuese a resbalar. Las lágrimas que había derramado parecían desintoxicar mi cuerpo. Me alejé de los vicios y empecé a recuperarme de a poco, tuve más claridad mental, pero para mi desgracia, no la suficiente.

Una mañana en la que hablaba por teléfono con Sofía, me vi obligada a colgar porque mi padre estaba en la puerta con un álbum de fotos. Lo vi con un rostro más amable, como si al llorar hubiese lavado su alma, borrado sus pecados y limpiado sus crímenes. Esa sombra que antes lo cubría ante mí había desaparecido por completo, causando una apariencia más amable.

De todas las veces que miré a mi padre a los ojos, nunca me vi tan reflejada en ellos: dos lagos azules inmensos, que brillaban con la luz del sol, inquietantes y profundos. Por un momento pude sentir que quería dejarlo todo atrás, alejarme con mis padres a un sitio tranquilo y tratar de hacerme una vida diferente. Le di un beso en la frente y comencé a hablarle de mis planes para salir del país. Estuvo de acuerdo, pero me pidió que ya no siguiera viendo a mis amigos y que no fuera a ninguna clase de evento con ellos. Me dijo que eso sería para líos y que lo mejor era evitarlos. Le aseguré que nada malo pasaría, que todo estaría bien, y que tendría que confiar en mí. Fui ilusa al pensar, otra vez, que podría manejar las cosas por mí misma. Aquellas palabras con las que mi padre me rogaba que no fuera retumbaban en mi cabeza una y otra vez, como un eco encerrado en las paredes de mi mente, sin tener a dónde ir.

—¿Cuéntame qué me quieres mostrar? —interrumpí con desespero.

—Aquí se encuentran las evidencias de mi adolescencia y de mi estupidez, memorias imborrables de momentos únicos que me llenan de alegría, pero también de sentimientos de dolor y culpa —su voz casi imperceptible bajó el tono hacia un lugar más triste—. Él era mi amigo Pablo. Pasamos muchos momentos juntos, éramos inseparables. Yo era muy impulsivo y el más centrado, más tranquilo. Siempre andábamos en busca de fiestas y de mujeres.

A nuestro lado andaba mi amigo el fiscal. Todos pertenecemos a familias muy reconocidas de la alta sociedad, y por eso cualquier cosa que hacíamos era comentada en todos los círculos sociales, incluyendo el club. Un fin de semana que mis padres no estaban, tomé el Mercedes de mi padre y me fui con mis amigos para una fiesta en La Calera. Sabía que estaba mal, porque nos encantaba tomar y nos arriesgábamos a conducir ebrios. Aun así, dijimos que nos controlaríamos. Nos convertimos en los reyes de la noche, pues todas las mujeres nos miraban con interés, solo por el hecho de tener un carro último modelo. Para envalentonarme seguí tomando mucho, hasta el punto de no recordar lo que pasó después. Todo lo que me dicen es que, para impresionar a una de las niñas que iba con nosotros, comencé a acelerar y a tomar las curvas de bajada a una velocidad muy alta; parecía un Fórmula Uno bajando por la séptima. Solo logro recordar por pedazos, como apartes de una película. Escuché gritos, un estruendo y seguí acelerando. Sabía que había cometido el error más grande de mi vida, pero en vez de afrontarlo, solo aceleré para llegar al sitio más seguro para mí: mi casa.

Terminó sollozando, y otra vez con lágrimas en su rostro, me contó cómo aquel día no solo había cambiado su vida, sino la de varias familias. Un tipo los cerró y los hizo detenerse para evitar lo inevitable. Pablo se bajó del carro a dialogar con el otro conductor, se demoraron hablando, y mientras lo hacían, otro carro se parqueó más adelante. Mi padre, que estaba totalmente intoxicado y enlagunado, pensó más allá de su subconsciente que esos hombres les iban a hacer daño, así que un instinto animal lo poseyó y esparció furia por todo su cuerpo.

No se sabe si la adrenalina y el alcohol se mezclaron como un virus maldito y le impidieron razonar. Uno, dos y tres; solo bastaron tres segundos para que dos toneladas se dispararan a más de cien kilómetros por hora sobre la humanidad de Pablo, Isaac (el primer conductor) y Cristian, el hijo mayor de este. Mi padre, guiado por su GPS interno, llegó a su casa como pudo, sin saber que unos taxistas habían seguido el rastro maligno que había dejado atrás; fueron ellos quienes alertaron a la policía. Solo fue hasta doce horas después que las autoridades pudieron practicarle una prueba de alcoholemia.

Mi abuelo y su abogado se hicieron cargo de todo: hablaron con sus contactos, movieron fichas clave e hicieron lo necesario para proteger a mi papá. No hay nada qué hacer: somos el futuro de nuestros padres y nuestros hijos el nuestro. Los pecados se repiten como un *déjà vu* cíclico que no puede terminar.

Pablo terminó parapléjico, y los otros dos hombres terminaron con huesos rotos. Mi abuelo les pagó una fortuna a esas familias, y ayudó a cumplirles los sueños a algunos testigos y a los policías. En conclusión, mi padre nunca respondió por sus actos, continuó con su vida como si nada hubiese pasado. Creo que mientras tengamos los medios podemos vivir una vida impune, lejos del brazo truncado de la ley colombiana, pero nuestros pecados vuelven con más furia que nunca, y mi padre estaba a un instante de comprobarlo.

Capítulo **9**

La sonrisa de la muerte

ATADA AÚN A ESTE MUNDO, y con pocos latidos restantes en mi corazón, me encuentro aquí, en una unidad de cuidados intensivos, esperando mi turno para despedirme, a solo unos instantes de partir definitivamente de este mundo y sin saldar mis asuntos pendientes.

Recuerdo a mis abuelos hablar de los fantasmas, esos espectros o masas de energía formadas de ectoplasma, que habitan entre dos dimensiones. Me contaban que esos espíritus no podían partir hasta resolver situaciones que tenían pendientes en esta vida; solo así podrían marcharse al más allá. Creo que de ser así, terminaré penando por otros ciento cincuenta años. No es fácil irme sin poder decir adiós a todos aquellos a quienes amé: nunca lo sabrán. Mis asuntos por definir son muchos. Nunca cerré un círculo, ni un episodio; mi vida fue un vago trasegar por este planeta. Siempre estuve muy ocupada como para solucionar mis problemas, y me cansé de no poder obtener lo que quería: una vida normal lejos de tanto ruido. Me sentía exhausta, sin ganas de seguir.

Durante varias semanas tuve un sueño recurrente: estaba en la finca de mis abuelos descansando en la mecedora, el reloj marcaba las tres de la tarde y un sol esplendoroso iluminaba el azul del cielo. De repente, una nube oscura se posaba sobre la casa, y el frío golpeaba mi ser hasta el punto de casi congelar mi corazón. Al entrar a la casa llegaba a mi cuarto y, cuando intentaba salir de allí oía unos pasos. Veía la casa oscura, sentía el frío que recorría mi cuerpo y que me calaba los huesos; escuchaba ruidos que rompían el silencio como si fuera de cristal. La puerta de la entrada principal, que antes estaba cerrada, ahora estaba abierta, y en el umbral podía detallarse la figura de una mujer. Corrí hacia ella para saber quién era, pero la mujer salió de la casa y atravesó el bosque. Cuando llegué al lago, vi mi reflejo en el agua. Era yo, pero estaba vestida diferente, tenía unas flores rojas que poco a poco tomaban un color negro. Mientras veía eso, mi reflejo cambiaba, y sobre mi rostro se dibujaba la imagen de Becka. Me sonreía y cuando le respondía con otra sonrisa, una lágrima brotaba de su rostro. Decía algo que no alcanzaba a escuchar; lo repetía varias veces y yo me agachaba para descifrar su susurro. Al inclinar mi cabeza sobre el agua escuchaba: *Why?* (¿por qué?), y al girar hacia ella para responderle, su rostro se deshacía por completo y su mano apretaba mi cuello para hundirme con ella. Yo trataba de gritar, pero el agua llenaba mis pulmones. En lugar de despertarme exaltada por semejante pesadilla, amanecía sin dolor de cabeza y pasaba todo el día con total tranquilidad, pensando en cómo me sentía al verla sonreír.

Mis visitas terminaron. Nadie más ha llegado hasta mi lecho para asegurarse de que mi memoria partirá conmigo, de que mis recuerdos se volverán cenizas y de que la impunidad de mi padre se esparcirá como un virus, callando de esa manera la verdad sobre nuestros actos. Mis padres me llorarán, mis enemigos suspirarán y algunos se sentirán tranquilos.

Después de saber todo lo que le había sucedido a mi padre, decidí llamar a Sofía, que quería que saliéramos el fin de semana a la finca de Mario. La idea era montar a caballo, hacer caminatas, nadar en la piscina y descansar mucho. Acepté porque ella me prometió que no íbamos a perder la cordura y que se trataba de un "retiro espiritual". Me dijo que también estaba cansada de las rumbas de siempre. No alcanzaba a sospechar que cada movimiento tenía un propósito, una razón, una jugada de ajedrez.

Juliana me recogió cerca de mi casa. No quise que mi padre se sintiera traicionado, puesto que casi me había suplicado que no saliera más con mis amigos. Dos horas y media de camino nos llevaron hasta un sitio hermoso: una casa gigante con espacios abiertos, con un diseño moderno, ventanales grandes y una combinación de madera y mármol; era una casa dotada con seis cuartos y con espacio para unas treinta personas, piscina en la parte interior y un gran bosque detrás que llevaba a un hermoso lago.

El día transcurría muy normal. Desempacamos y nos preparamos para una cabalgata. A medida que transcurrían las horas llegaban más personas, algunas cuyas caras me eran familiares y otras a las que realmente no conocía. Jugamos voleibol en la piscina, bailamos, cantamos y todo marchaba como siempre había soñado. El calor era abrasador, por lo que no le vi ningún problema a que nos tomáramos unas cervezas bien frías, pero una cosa lleva a la otra. Música, cervezas, piscina… Todo eso "prende" a la gente y la gente siempre quiere más. Entonces, algunos fueron a traer "provisiones": aguardiente, vodka, más cervezas y cigarrillos. Lo que comenzó como una salida ecológica se convirtió en otra rumba sin rumbo.

No podía creer lo que vieron mis ojos cuando me encontraba en la piscina. El sol no me dejaba ver bien, y para darle rostro a la figura que se paraba frente a mí, puse mi mano por encima de mis cejas. Chubby había sido invitado y nadie me había dicho nada. Salí de la piscina y me dirigí hacia Sofía, que con un gesto de sus manos me indicó que no tenía ni idea. No quise hablarle durante unos minutos, pero después se me acercó y me dijo que solo quería disculparse, y que se iría si yo se lo pedía. Escuché sus explicaciones y, aunque mi cabeza entendía, mi corazón aún estaba dolido por lo que había sucedido.

—Quiero que sepas que solo hui por miedo y porque no quiero que nos hagamos daño —me dijo, sosteniéndome la mano.

Caminamos hasta el lago y hablamos de lo que sentíamos y de todo aquello que nos afectaba. Jamás había sido tan sincera con alguien. Mientras los demás se divertían, tratábamos en vano de pensar y reflexionar por qué en mi ignorancia había caído tan bajo, como si mi alma se hubiese marchado sin decirme el motivo. Era como estar atrapada en un cubo dimensional: aunque intentara dar pasos gigantes, no avanzaba y volvía al mismo punto de inicio. Cada vez que trataba de volver a ser quien era, el camino por el que venía había desaparecido.

Sofía nos interrumpió algo ebria y comenzó a ser sarcástica con sus comentarios, algo que ya venía de tiempo atrás, pero que aquí se acentuó. Le pedí a Chubby que nos fuéramos para Bogotá, pero entonces todo se dañó, porque ella se puso a llorar desconsoladamente. Dijo que todos los que la amaban siempre se iban de su lado, que se sentía muy triste por todas las cosas que le sucedían y que solo quería que las cosas fueran como antes. Nos miramos con Chubby y le prometimos que nos quedaríamos solo si nos mostraba esa sonrisa que la hacía ver tan bella. Bruno se sentía culpable porque la que sufría era su mejor amiga, aquella pequeña con la que había compartido grandes momentos. Se me ocurrió levantarle el ánimo y les propuse que nos enrumbáramos y la pasáramos bien.

Cerca de la piscina vi a Juliana muy callada. Sentí pena por ella y traté de hacerla sentir mejor, así que me senté y, como si fuéramos las mejores hermanas, empezamos a hablar de todo lo que le había sucedido y de cómo podíamos de alguna manera aprender de nuestros errores. Me sentía ganadora esa noche. El aire fresco, el paisaje y la tranquilidad de ese momento lograron abrir un plácido cráter en mi cabeza, para que fluyeran ríos cristalinos de pensamiento ordenado y claro. Por fin veía esa luz que tanto buscaba: era muy simple, pero lo complejo era ejecutar mis decisiones. Una vez das vueltas y tomas una decisión, la acción debe estar acorde con lo que se pensó. Saldría de allí en la mañana. Después de dormir una siesta y darme un baño hablaría con mis padres y empezaríamos de nuevo.

Juli se animó un poco y decidió bailar y pasarla bien. Por mi parte estuve tratando de hablar un poco más con Chubby, pero lamentablemente él estaba preocupado por Sofi. Los vi tomando cerveza y hablando muy seriamente. Cuando me acerqué, Bruno me guiñó el ojo y me hizo señas de que le diera algo de tiempo. Decidí dejarlos, tomarme algunas cervezas con Juli y, cuando me sentí cansada, me fui a dormir. No quería interrumpirlos y pensé que ya habría tiempo para poder hablar con Bruno, así que no me despedí.

Cuando llegué a la habitación, suspiré y sentí un gran alivio por todo lo que estaba sucediendo, sentí que ahora se resolverían todos los problemas. Una a una pasaban por mi cabeza todas las imágenes de mi vida, como si viese un álbum de fotos: rostros y situaciones desfilaban ante mis ojos, el tiempo y mi mente iban recorriendo la película al unísono, mientras mi memoria redactaba un resumen detallado de mi vida. La última vez que vi el reloj marcaba la 1:45 de la madrugada. Recuerdo que me sentí muy cansada y me dormí. Volví a tener mi sueño recurrente. Paso a paso volvió a ser el mismo, hasta el momento en que Becka me halaba hacia el lago, pero esta vez me sumergí y, cuando creí que mis pulmones se llenarían de agua, abrí los ojos y ella se hallaba a mi lado en el Mercedes de mi abuelo: el mismo en el que mi padre cometió uno de los más grandes errores de su vida. El carro estaba lleno de agua, pero esta cambiaba de color y se oscurecía. Sentí que ya no podía respirar, y traté de salir de allí. Al tratar de romper la ventana me di cuenta de que tenía sangre en las manos, y al girar noté que ya no estaba Becka, sino la dama esquelética sonriente, con flores negras. De repente vi la manija y seguí mi instinto: la ventana se abrió al hacerla girar y, cuando traté de nadar hacia la superficie, una cadena gigante se posó en una de mis piernas, arrastrándome hacia el fondo.

Desperté empapada en sudor y con mi pierna enredada en la base de la cama y en la sábana con la que me había cubierto. No podía respirar. El aire era muy caliente, así que fui al baño para refrescarme con algo de agua fría. Al secarme con una toalla me di cuenta de algo terrible: era la primera vez, desde que tenía este sueño, que me levantaba exaltada. Escuché la música, pero no los ruidos de las personas. Al comienzo no se me hizo extraño, pero después sentí que algo andaba mal. Bajé a la piscina para ver por qué no se oían las voces de los demás, sino solamente la música. Era extraño. Todos habían desaparecido sin dejar huella: las luces estaban prendidas, la música seguía sonando y los tragos se quedaron servidos. Fui a las habitaciones del primer piso, pero solo una pareja me contestó. Al ver que no sucedía nada apagué la música. La noche ya no era clara porque las nubes cubrían el cielo; el bosque estaba muy oscuro. Como pude busqué los interruptores de la luz exterior, y al llegar a ellos vi una figura cerca del muelle del lago. Me asombré, pero aun así pensé que podía ser una parejita buscando la complicidad de la oscuridad. Al tratar de matar mi curiosidad y no quedarme con las ganas de saber qué había visto, me interné en el bosque. Cada vez eran más fuertes las voces. Por el camino me encontré a Jessi y a su novio.

—Nosotros nos largamos y no queremos que nos involucren en esto —me dijo, como si ella hubiese tenido mi mismo sueño.

Cuando llegué al lago me costaba saber qué pasaba: había mucha gente alrededor y todos estaban espantados. Busqué a Chubby y no lo vi. Pregunté por Juli, pero me dijeron que estaba durmiendo. Todo era caos y confusión. Mario llegó con los cuidadores de la finca. Uno traía una linterna gigante y un lazo larguísimo, y el otro traía un flotador y más linternas. No supe por qué hacían eso, pero mi corazón latía cada vez más fuerte y sentí que se me iba el aire. Al final del muelle estaba Sofía, daba la espalda a la multitud y miraba hacia lo profundo de la oscuridad. Cuando me dirigí hacia ella para preguntarle por Chubby, giró y vi en sus ojos la mirada de la mujer que habitaba en mi sueño, pero lo peor fue cómo se dibujaba una sonrisa en su rostro, una mueca de satisfacción, casi de alegría. Mi mente estalló en mil pedazos y mi cuerpo colapsó: solo escuchaba ecos y veía nublado. De repente todo se apagó.

Desperté en una clínica muy cerca de la finca donde nos encontrábamos. Según el parte médico de ese momento, sufrí lo que pareció ser una descompensación; mi tensión arterial se disparó como si fuera un espectáculo de pirotecnia. Eso, combinado con el calor y las cervezas que había consumido, fue la mezcla perfecta para que todo mi ser terminara inconsciente. Era casi el mediodía y no sabía exactamente qué había sucedido; tenía una laguna mental y un dolor de cabeza inimaginable. Solo me importaba salir de allí, y me encontraba en un estado de negación tan grande que no recordaba nada del día anterior. Sufrí lo que los expertos llaman bloqueo emocional.

Mi padre entró a la habitación. Tenía dibujadas en su rostro las palabras "te lo advertí". Me trajo ropa nueva y me pidió que me vistiera. Su cara acongojada lo decía todo, pero en ese momento no quería darme cuenta de la realidad, solo sentía la necesidad de llegar a casa. Cuando tomé mis cosas, aún me sentía débil, mi cerebro parecía palpitar y salirse de mi cabeza; no resistía la luz del día. Cuando caminamos hasta el carro, Alberto me saludó y me pidió que le entregara mi celular; papá estuvo de acuerdo, así que se lo entregué y nos dispusimos a irnos de allí. Antes de tomar carretera, mi padre recibió una llamada un poco extraña y se bajó del carro; hablaba muy bajito y con cara de preocupación. En ese momento le dije que quería irme al único lugar donde…

—¿Te sientes segura? Conozco esa sensación, créeme —me interrumpió con vehemencia.

Quedé atónita por su respuesta. Camino a casa me sentía mareada y con sueño. Dormí un poco, pero desperté sobresaltada a la mitad del camino. Me acordé de Chubby. Le pregunté a mi padre qué había pasado y cómo había llegado él hasta allá. Por un momento hubo un silencio total y después me dijo que Juliana me había llevado al hospital y que después había llamado a la casa. Cuando intenté indagar un poco más, me contestó que en la casa me contaría. Le pedí a Alberto que me entregara de nuevo mi celular, pero se negó; me dijo que lo mejor era que descansara. Necesitaba saber qué había pasado, pero el dolor de cabeza en ese momento no me dejaba recordar nada. Cuando llegamos a casa me encontré con el abogado de la familia, Fabio Puccetti, que era famoso por defender casos escandalosos y causas perdidas. Él y mi padre se reunieron de inmediato en el estudio. Cuando me disponía a subir al cuarto, mi madre se abalanzó sobre mí y me abrazó como nunca antes. Curiosamente, ahí sentí que algo malo estaba pasando.

—Lo siento mucho, mi nena. —Estalló en un llanto casi inconsolable.

En los siguientes segundos ingresé al estudio y le pedí a mi padre explicaciones de lo que estaba sucediendo. Lo que me contaron a continuación fue la bomba atómica que destrozó mi vida por completo, un tsunami de sentimientos depresivos que me trajo hasta la unidad de cuidados intensivos en la que me encuentro en estos momentos.

—¿Qué tanto recuerdas de anoche? —preguntó Fabio, con mucha tranquilidad.

—Necesitamos que nos digas cada una de las cosas que recuerdas, porque lo que se nos viene es algo gigante que no podremos evitar, a menos que nos cuentes toda la verdad —dijo mi padre, usando un tono muy conciliador.

Hasta ese momento me hablaban en un idioma que no entendía. Todo me parecía extraño, como si me hubiese despertado de un sueño siendo una persona totalmente diferente. Mi corazón latía a mil por hora, tenía la boca seca y sentía que ya no podía más. Me trajeron un vaso de agua y comencé a contarles todo, desde que salimos hasta que me desmayé. Las preguntas iban y venían, y yo respondía todo, pero seguía en un laberinto sin salida.

—A ti y a tus amigos los van a acusar de homicidio, tal vez en primer grado. Es algo por lo que debemos preocuparnos, y si van más allá, será eso y concierto para delinquir. Por lo tanto, todo lo que me puedas decir en más detalle sobre las drogas que consumieron, los altercados que tuvieron y los problemas entre ustedes ayudará al proceso —dijo el abogado.

En el momento de pronunciar la palabra "homicidio" no entendí de lo que hablaban. Ninguno de nosotros era capaz de algo tan atroz y mucho menos de premeditar algo. Me faltaba el aire y sentía mucho calor; no razonaba, como pude traté de calmarme y de analizar lo que sucedía.

—Fabio, no sé por qué las preguntas. No entiendo de qué me hablas. Estoy muy confundida. ¿Homicidio? ¿Quién mató a quién? —pregunté, sollozando.

Mi padre miró a todos los que estábamos en la habitación, suspiró y comenzó su relato.

—Bruno Méndez, al parecer, tuvo una muerte accidental. Todo indica que al mezclar un coctel de tragos y drogas perdió la razón, infló una colchoneta de *camping*, la puso en el lago y se durmió allí, con tan mala suerte que la colchoneta se fue desinflando lentamente. Como estaba boca abajo e inconsciente, no pudo reaccionar, se hundió y se ahogó en el proceso. Por supuesto, la familia dice que van a investigar hasta las últimas consecuencias, y te echan la culpa a ti.

Mi reacción no se hizo esperar. Grité, lloré y me desmayé en varias ocasiones. No sé de dónde apareció tanta gente, pero en segundos tenía a un médico, una enfermera y una psicóloga a mi lado.

Fue la segunda noche más larga de mi vida. Maté a Chubby y jamás me lo podré perdonar. Lo llevé a una muerte segura, todo a causa de mi insensatez, mi orgullo y mi vanidad.

Chubby murió el 5 de junio de 2015 a las 4:40 de la madrugada. Se suponía que íbamos a pasar el puente y que nos divertiríamos todo el fin de semana. Se suponía que me ayudaría a rehacer mi vida. Ese hombre que me hacía reír con cualquier bobada y que era adicto a las gaseosas regordetas, de las cuales obtuvo su apodo, ya no estaría más aquí a mi lado, pero lamentablemente el destino es así: impredecible. Solo hace falta un segundo para cambiar toda una historia. La causa de la muerte hasta ese momento era muy clara: Chubby se había ahogado accidentalmente. En los días subsiguientes vino el funeral, al que por obvias razones no pude asistir. Me la pasé sedada todo el tiempo y mi depresión cada vez fue más profunda. Estaba ida y en silencio; no podía ni pensar.

Mi padre y su abogado me llevaron a la oficina del fiscal que hacía la investigación. El tipo trató de convencerme de que todos éramos culpables, pues las pruebas así lo indicaban, y de que debía delatar a mis compañeros y hacer un acuerdo para salir bien librada.

Según la autopsia se encontraron rastros de una droga llamada Rohypnol. En Estados Unidos la llaman *date rape drug*. Es una píldora que deprime el sistema nervioso central, causando un estado de sedación profunda, dejando a la víctima sin posibilidades de responder y sin memoria. Chubby nunca supo lo que le pasó.

De vuelta en mi casa me encontré con una visita inesperada, aunque lo único que deseaba era saber por qué había muerto Chubby. Realmente no quería hablar con nadie. Juliana me escuchó por cerca de dos horas, me consoló y me tranquilizó como la hermana que nunca tuve. Sin embargo, me dijo cosas que me inquietaron.

—Creo que la muerte de Chubby no fue nada accidental. Por lo que sé, todo estaba preparado. Tres meses después de mi fiesta de cumple en El Peñón hablé con Sofía. Ella estaba muy dolida por todo lo que había pasado. Siempre creyó que la habías abandonado y juró que nada de eso se quedaría así... Sofía investigó qué clase de sustancia había tomado esa noche, y no sé cómo se enteró, pero todo coincide con una sustancia llamada Rohypnol: es incolora, insabora y produce amnesia total. Creo que ella aprovechó todo lo que estaba sucediendo entre ustedes dos para vengarse de lo que le pasó; no podía ver que tú fueras feliz. Imagina esto: una mujer que es violada y que jamás supera esa situación, pero que no culpa a los agresores, sino a una de sus amigas, a aquella en la que más confiaba. Entonces arma todo un plan siniestro, quiere vengarse con lo que más le duele a esa persona, y lleva a su amiga y al hombre al que esta ama, por voluntad propia, a un lugar alejado. Finge que está deprimida, se hace la víctima y espera pacientemente a que su presa caiga. Entre todo lo que le da, le suministra la droga, que al combinarse con licor, la deja fuera de combate y, cuando ya la tiene donde quería, decide dar la estocada final: infla una colchoneta, hace una pequeña perforación para que el aire salga muy lentamente, pone a su presa a flotar y la colchoneta se comienza a desinflar poco a poco con el peso de su cuerpo. Como está boca abajo, sus pulmones se empiezan a llenar de agua y no hay manera alguna de que la víctima reaccione. Después lo hace parecer como algo que pasó, como un accidente: él se emborrachó, se enloqueció y se subió a la colchoneta, se durmió y se ahogó. Ahora bien, la cuestión es que todo eso lo podemos saber, pero no tenemos ninguna forma de probarlo.

No podía creer lo que Juli me decía. Su abuelita siempre le dijo que estudiara derecho. Me sentía como viendo *Criminal Minds* o un programa de esos.

No creía capaz a Sofía de hacer algo así, pero todo empezó a cuadrar, como un rompecabezas, cada ficha en su lugar.

—Aún si fuese así, los demás tampoco sabían. Ellos son inocentes de esta situación —dije, tratando de justificar lo que pasaba.

—Estoy segura de que Daniel y Mario están involucrados, pero ninguno dirá la verdad. Se prestaron para esto. Llevaron a más personas ajenas al grupo, solo para tenerlos de testigos, cubrir sus huellas y demostrar que ellos le dieron la colchoneta solo para que se acostara, pero él tomó otra decisión.

No me cabía en la cabeza tanta maldad. Todo por lo que había luchado y en lo que había creído se derrumbaba, y esta vez para siempre.

Mi teléfono no dejaba de sonar con llamadas de periodistas que querían hablar conmigo. No podía ni siquiera salir a la calle porque muchas personas me reconocían y me insultaban.

Cuando me atreví a leer los periódicos, algo que nunca había hecho, me di cuenta de cómo se sentía la gente con todo el derecho de juzgarme y especular sobre quién era yo y lo que me gustaba.

---

3 Comentarios — Click aquí para participar

Jeremy24 10 de junio 16:47

Dicen que esa niña se ha comido a medio Bogotá, que se vaya a la cárcel por perra.

Calificar ⇧⇩   Responder

LadyMedusa86 10 de junio 20:18

Colombia no debe permitir esta clase de asesinos de estrato 6 que salen impunes. Esa niña es de lo peor, un muy mal ejemplo para los jóvenes.

Calificar ⇧⇩   Responder

CapitánColombia 10 de junio 22:37

Como para invitarla a una fiestica, ¡qué peligro! Esa niña conoce a más manes que un colegio masculino. Que se revisen todos los que se la comieron.

Calificar ⇧⇩   Responder

Esos fueron los comentarios que encontré en los periódicos en línea de mi ciudad. Todos me atacaban, todos creían saber la verdad. Todos los programas amarillistas de investigación periodística recreaban las escenas de lo que supuestamente sucedió. Todo muy lejos de esa anhelada verdad. Hablaban de una orgía y de que había llevado a Chubby solo para darle celos a Mario. Sus argumentos se basaban en los supuestos informes de la fiscalía y en los testimonios de algunos testigos.

Mi cuarto, aquel sitio donde me sentía segura, se había convertido en una celda para mí y mis secretos. Era difícil de alcanzar y estaba lejos del mundanal ruido, pero también estaba cerca de todos los recuerdos. Atrapada en esa cómoda prisión y sin tener a dónde ir, empecé a morir lentamente. Era demasiado cobarde para quitarme la vida y tampoco creía que fuese una solución instantánea. Me perdí en la profundidad de mis pensamientos.

La muerte no tiene significado si no has vivido una vida plena, es un simple estado, un cuerpo inerte que se pudre con el pasar del tiempo; no queda ni un recuerdo solemne o una memoria intachable que se honre cada año; se vuelve inútil si la persona que la sufre no ha tenido un impacto en la vida de los demás. La humillación llega por medio de la lástima y se incrusta en el más sublime de los pesares.

Me estacioné en mi cuarto por veinte días más, lúgubre y enterrada viva en mi selva de arrepentimientos. Lo que más temía y que asesinaba mis esperanzas llegó en forma de carta. La fiscalía, de manera pública, solicitaba muy firmemente que fuéramos investigados y procesados por homicidio premeditado y concierto para delinquir.

El solo hecho de imaginarme todo el escrutinio público, y la humillación por todos los medios posibles, fue la gota que colmó el vaso. Ni las palabras de mi padre, ni el apoyo incondicional de Juliana, ni los ruegos de mi madre lograron hacerme entrar en razón. Como un buen preso político me negué a comer y vi cómo poco a poco mi salud terminó deteriorándose.

Cerca de la medianoche del 1 de julio de 2015 me levanté con un fuerte dolor de cabeza. Me sentía ahogada, así que abrí la ventana de mi cuarto. Junto a la cortina pude ver la figura esbelta de una mujer alta y con gran porte. Caminé como pude hacia ella y su rostro se iluminó; su mirada era oscura e impenetrable. Cuando me acerqué para hablarle, me sonrió, y ahí sentí que mi cerebro se desconectaba. Las luces se apagaron y, cuando se encendieron de nuevo, estaba en una ambulancia. Se volvieron a apagar y, cuando se encendieron otra vez, solo pude ver el cielorraso de la clínica, mi cuerpo convulsionando, una máscara de oxígeno y muchas personas a mi alrededor, entre ellas, la imagen de la mujer de mi cuarto, y más allá, Chubby.

Las luces se apagaron…

Capítulo **10**

El árbol de la vida

SERÉ SOLAMENTE UN NOMBRE, un momento de felicidad y muchos de angustia. Creo que en la muerte, así como en la vida, no es bueno detenerse a mirar hacia atrás.

Quedarse atrapado en el pasado y no evolucionar es ser prisionero de todos los temores.

El mundo seguirá sin mí, como siguió sin Becka, como siguió sin Chubby y como siguió sin todos aquellos que partieron antes que yo. Todo el mundo continuará con sus vidas, un paso a la vez, un paso seguro que, sin embargo, traerá consigo incertidumbre.

En estos momentos, como en mi vida, no sé qué es lo que seguirá para mí. Lo único que sé es que puedo aferrarme a los pocos latidos que quedan en mi corazón. Esos latidos son como un reloj que tiene cuenta regresiva y que me lleva al punto en el que dejaré de existir en este mundo material.

No sé qué me espera. Nadie puede decirte lo que hay tras el telón oscuro: todo es una incógnita, un misterio no develado, algo oculto y sobrenatural.

Cerca de las 9:15 de la noche del sábado 25 de julio de 2015, mis padres tomaron la difícil decisión de dejarme partir. Los médicos les pidieron que dieran la autorización de desconectarme de una máquina que me proveía de vida artificial, que respiraba por mí y que no dejaba que diera mi último suspiro.

Es posible que todos nuestros pecados queden impunes, y que después de tanta soledad, tragedia y tristeza, únicamente quede un panorama devastado, un desierto de amargura y desazón que cubra las vidas de las que fueron nuestras víctimas.

A pocos instantes de partir para no volver, solamente quiero que mi último suspiro sea una bocanada de vida, un segundo aire de inspiración para aquellos que de alguna u otra forma lucharon por mí, que creyeron en mí y que jamás me juzgaron.

Las luces se apagan...

* * *

No lo entiendo. Si mi vida terminó, si mi cuerpo ya no existe y si las cenizas en las que me convertí reposan en una caja, ¿por qué aún rondo por este mundo?

Las luces se apagaron, la vida se acabó.

El paisaje ahora es diferente, ya no hay lámparas de hospital. Hay un gran prado, rodeado de muchos árboles pequeños, sostenidos por un madero para que no se tuerza su tronco. La luz es hermosa y brillante, sin llegar a ser cegadora.

Mi camino tortuoso termina aquí, pero sé que este no es el lugar a donde voy. Estoy cerca de un pequeño árbol; es como si estuviera atada a él, pues no me puedo alejar más de aquí y no sé por qué...

* * *

Hola, Pau, han pasado ya unos
meses desde que nos dejaste.
Todavía sigo sintiendo tu presencia
en mi vida; sueño muchas veces contigo, y los
sueños son tan reales, que cuando me despierto
quiero llamarte.
No me alcanzará jamás el tiempo para decirte
todo lo que hiciste en mi vida: me llenaste de
ganas de seguir adelante, y eso no lo podré pagar.
Tuve que buscar fuerzas para venir hasta acá
por primera vez en todo este tiempo. Tus padres
sembraron este árbol que representa el significado
de tu vida. Crecerá sin importar el clima o las
condiciones. Vendré de vez en cuando a leer un
poco y me aferraré a él como si fueras tú.
Sé que luchaste por vencer la mentira, y que
intentaste que la verdad saliera a flote, cuando
todos a tu alrededor trabajamos para hundirla.
Fuiste muy inteligente al enseñarle a Alberto a
pasar los archivos de tu computador a la nube.
Él les contó a tus padres que siempre hacías algo
así para no perder los datos. Bueno, ahora el
país sabe muchas cosas sobre los que decían ser
tus amigos y, aunque muy seguramente no pagarán
por sus fechorías, y tampoco por la muerte de
Chubby, al menos tu nombre queda más limpio y
ellos cargarán con esa nube de dudas y ese manto
oscuro toda su vida. Gracias por borrar todo

lo que sabías de mí, sé que nunca fui la amiga
que esperabas, pero siempre fuiste incondicional
conmigo.

Sabes, anoche sucedió algo muy especial, tuve un
sueño. Llegabas a mi casa empapada por la lluvia,
estabas vestida de blanco y llevabas unas flores
rojas. Atravesamos una puerta que llegaba hasta
acá, la casa de tus abuelos. Caminamos hasta el
lago y allí evitaste que tropezara y me hiciera
daño. Me sentí feliz de verte y, aunque no me
decías nada, podía ver que estabas bien y que
ahora te sentías segura. Pensé en todo lo que
habías hecho por todos nosotros, especialmente
por mí, y entonces decidí dar ese paso que tanto
me costó durante todo este tiempo.

No fui a tu funeral porque me sentía devastada.
Perdí las ganas de seguir adelante y la tristeza
me fue consumiendo.

Te pido perdón por no escucharte en su momento;
jamás quise que las cosas fueran así. Sé que no
tuvimos el tiempo para conocernos, sé que no fui
la más madura de las amigas, pero tu recuerdo
estará siempre en mi memoria.

Esta es la vida... si no nos
movemos rápido se nos va y,
cuando miramos atrás, no
hay nada que rescatar.
Gracias por darme lo

mejor de ti. Con tu muerte comprendí que de
nada valía tu paso por este mundo si no vivía
de la manera en que me enseñaste.

Tus padres se unieron más desde que te fuiste.
Crearon una fundación con tu nombre y ayudan
a muchos otros padres para que no cometan el
mismo error. La fundación planta árboles, que son
el significado de la vida. Mientras crecen están
amarrados a un madero. Este árbol es el tuyo, y
en vez de ir a una tumba a rezar, vendremos a
conversar, a leer y a llenarnos de energía. Algún
día darás sombra y formarás parte de un bosque
que perdurará por siempre. Aunque no lo creas,
tocaste muchas vidas, entre esas la mía.

Te quiero.

Juli

* * *

Cargué durante toda mi vida con el peso de mis errores, y afecté con mis decisiones a muchas personas. Siempre me preocupé por las cosas que no tenía y nunca fui feliz con todo lo que se me dio. En ningún momento me detuve a agradecer por todas las cosas hermosas que pude vivir. Siempre sentí que algo me faltaba y así fue todo hasta mi muerte: una búsqueda constante, una insatisfacción permanente, un egoísmo exagerado.

Veo a Juli poner las flores junto al árbol, dar dos pasos hacia el frente, y con lágrimas en su rostro, inclinarse poniendo una rodilla en el suelo y bajando su cabeza en señal de duelo.

Uno, dos, tres: se apagan las luces.

Fin

Agradecimientos

APRENDÍ DE MIS PADRES que el agradecimiento lo es todo en nuestras vidas; quien lo expresa es aquel que más recibirá. Por esta razón no puedo dejar de darles las gracias a tantas vidas que han tocado la mía para volverla mejor. Con esta obra se logra llevar un testimonio por el mundo, una historia que tiene la intención de abrir un espacio de reflexión en una sociedad que cada vez está más convulsionada.

Estoy muy feliz y agradecido con Dios por darme las herramientas necesarias para darme cuenta de lo que soy capaz.

Tepha, cómo no agradecerte el que me escucharas y acompañaras con tus lágrimas al leer los capítulos cada tarde cuando regresabas del cole; aún te veo recostada en el sofá pidiéndome una historia más.

Carito, tu amor por la lectura me llenó de motivos para intentar atrapar tu atención y convertirme en tu autor favorito. Gracias por tus comentarios positivos y por creer en tu papá.

Juli, no se necesita decir mucho para entender todo lo que significas en mi vida. Cada vez que el desánimo parecía ganarme, aparecías con una frase de aliento y me desafiabas a seguir adelante.

Sandra, mi amada esposa, eres la roca sólida sobre la que construí mi vida, esa mujer que me enseñó que valía la pena soñar en grande y que todo es posible con solo pensarlo, esa persona que se alegra con mis triunfos y que sufre con mis angustias: ¡Gracias! *You're still the one...*

Natalia Incer, Angie Ruíz y Laurita Montes, ustedes son mis lectoras preferidas y las mejores editoras que un escritor pueda tener.

Mauricio Velásquez, gracias por toda la fe que pusiste en este proyecto.

Margarita Montenegro, mi editora, te agradezco por tu creatividad, dedicación, paciencia, y sobre todo por esa pasión y ese amor entregados a esta obra.

Mamá, con tus historias hiciste volar mi imaginación y me enseñaste, no solo a escucharlas, sino a transportarme y a vivirlas. Solo un ser con tanta capacidad puede lograr transformar a un niño en un hombre de bien.

Por último, pero no menos importante, a todos y cada uno de mis lectores, simplemente...

Gracias

Antonio Ortiz
Bogotá

El autor: Antonio Ortiz

Antonio Ortiz, escritor colombiano, nació en Bogotá, Colombia, en 1972. Estudió Literatura Inglesa en la Universidad de Arkansas (Little Rock, AR, EE. UU.) y cuenta con una maestría en Lingüística aplicada por la Universidad de Victoria (Victoria, CB, Canadá).

Desde muy temprana edad mostró su gusto por la poesía, y creció leyendo las historias de Dickens, Shaw y Hemingway.

Ha sido profesor de Lengua durante casi veinte años en algunos de los colegios más prestigiosos de Colombia, en donde ha podido ser testigo de primera mano de sucesos insólitos que involucran a padres e hijos.

Antonio Ortiz es el primer autor en el país que escribe novelas sobre la problemática adolescente, y ya lleva más de 12 000 ejemplares vendidos de *MalEducada*, y más de 5000 ejemplares vendidos de su segunda novela, *La extraña en mí*. Actualmente se encuentra escribiendo su tercera novela, que también aborda la problemática adolescente.

Escanea este código QR para leer el primer capítulo
de *La extraña en mí*, de Antonio Ortiz:

3